KB058941

마력 소비는 무시할게!
≪퀸텟 매지션○매직 캐논≫
크레이아에서 로다니아로 갈 때처럼
걸림돌이 될 수는 없었다.
세리아는 오직 그 생각으로 의식을 집중하고
주문을 외웠다.

정령환상기

오랜만이군, 렌지
잠행이라지만,
이런 여관에 와도 괜찮은 거야?
실비가 렌지 맞은편 소파에
앉아 미소 지었다.

키타야마 유리
Yuri Kitayama
Illustrator ◆ Riv

14
복수의 서정시

정령환상기

커버 및 본문 일러스트_ Riv

CONTENTS

플로라 벨트람

벨트람 왕국 제2 왕녀
현재는 용사
사카타 히로아키와
함께 움직인다

크리스티나 벨트람

벨트람 왕국 제1 왕녀
동생인 플로라를
뒤에서 걱정한다

로아나 폰테인

벨트람 왕국의 귀족 영애
플로라의 수행원으로
함께 움직인다

사카타 히로아키

이세계 전이자이며
용사 중 한 명
유그노 공작을
뒷배로 움직인다

시게쿠라 루이

이세계 전이자인
고등학생
벨트람 왕국의
용사로 움직인다

알프레드 에마르

벨트람 왕국 근위기사단장
『왕의 검』이라는 별명을
가진 왕국 최강자

리제롯테 크레티아

가르아크 왕국의 공작
영애이자 리카 상회 회장
전생은 고등학생인
미나모토 리카

아리아 거버네스

리제롯테를 모시는
시녀장이자 마검술사
세리아와는
학생 시절부터 친구

스메라기 사츠키

이세계 전이자이며
미하루 일행의 친구
가르아크 왕국의
용사로 움직인다

실비 루비아

루비아 왕국의 제1 왕녀
왕족이자 공주기사라는
이명을 가진 무인

레이스

거듭 암약하는
정체불명의 인물
계획을 어그러뜨리는
리오를 경계한다

루시우스

리오의 어머니를
살해한 남자
용병단 '천상의 사자'를
지휘한다

리오(하루토 아마카와)

어머니를 죽인 원수에게 복수하기 위해
살아가는 이 작품의 주인공
벨트람 왕국이 지명수배를 내려 가명인 하루토로 활동 중
전생은 일본인 대학생 아마카와 하루토

아이시아

리오를 하루토라고
부르는 계약 정령
희귀한 인간형 정령이지만,
본인의 기억은 애매모호

세리아 크렐

벨트람 왕국의 귀족 영애
리오의 학원시절 은사인
천재 마도사

라티파

정령의 마을에 사는
여우 수인 소녀
전생은 초등학생인
엔도 스즈네

사라

정령의 마을에 사는
은늑대 수인 소녀
리오 곁에서 바깥 세상
견문을 넓히는 중

아르마

정령의 마을에 사는
엘더드워프 소녀
리오 곁에서 바깥 세상
견문을 넓히는 중

오피아

정령의 마을에 사는
하이엘프 소녀
리오 곁에서 바깥 세상
견문을 넓히는 중

아야세 미하루

이세계 전이자인 고등학생
하루토의 소꿉친구이며
첫사랑인 소녀

센도 아키

이세계 전이자인 중학생
이부남매인 하루토를
미워한다

센도 마사토

이세계 전이자인 초등학생
리오에게 미하루, 아키와
함께 보호받는다

등장인물소개

【 프롤로그 】 ❈ 떠나기 전에

다섯 살 때 어머니가 살해당하고 2년 동안.

리오는 약육강식이 지배하는 슬럼가에서 줄곧 혼자였다.

2년 동안, 어머니의 죽음과 마주했다.

바라봤다.

생각했다.

왜 엄마가 죽었지?

왜 엄마가 살해당했지?

왜? 왜?

알 수 없었다. 슬럼가에서 2년 동안 생각해도 알 수 없었다. 상실감과 날마다 커지는 분노만이 존재했다.

한 명뿐인 소중한 가족이었다. 다른 사람은 없었다. 전부였다. 그런 소중한 사람을 눈앞에서 빼앗겼다.

그러나 부당하게도 엄마를 죽인 남자는 앞으로도 어디선가 살아갔다. 웃는 얼굴로 인생을 누렸다.

그런 거, 허락 못 해.

허락할 수 있을 리가 없었다.

그래서 복수하기로 했다.

그 마음이 빛바래는 일은 없었다.

시간과 함께 자라다 정신을 차려보니 어머니 외에도 소중한 사람이 많아졌다. 문득 주위를 둘러보면 그 사람들이

나를 봐주었다.

하지만 그래도…….

소중한 사람들이 곁에 있는 일상 속에서.

복수하겠다는 결의는 계속 리오 안에 있었다.

간혹 떠올리기도 했다.

흐릿한 의식을 유지한 채, 어머니가 눈앞에서 살해당하는 단편적인 영상을.

그 순간, 그때마다, 구역질이 치밀 정도의 분노가 솟구쳤다. 이성을 잃을 정도의 증오가 밀려왔다.

복수해야 하는 상대가…….

루시우스가, 살아있다. 이미 주사위는 던져졌다. 루시우스를 상대하다가 놓쳤으니 더는 돌이킬 수 없었다.

복수의 길을 되돌아갈 수 없어졌어도 후회하지 않았다. 부모님의 고향에서 복수의 길을 걷기로 한 것은 자기 자신이었다. 두 번 다시 돌아갈 수 없는 길이라 해도 상관없었다. 그래도 나아간다는 생각으로 결심했다. 그것이 리오의 각오였다. 후회 따위, 할 리 없었다.

그래서 리오는 버리려고 했다. 버려야 한다고 생각했다. 복수의 길을 걷는 이상, 남과 엮이지 않는 것이 최선이라 생각하고 위악적으로 행동해 미하루 일행을 멀어지게 하려고 했다. 가까운 사람과 거리를 두면 분명 복수 외의 모든 것을 포기할 수 있을 줄 알았으니까.

끊어버리고 앞으로 나아가는 그런 힘을 원했다. 그것은

잃을 것이 없었던, 옛날의 리오가 갖고 있던 힘이었다.

인간이 얼마나 추악하고 구제 불능인지…… 어머니가 죽고 슬럼가에서 자란 리오는 알고 있었다.

사람을 신뢰하는 공포와 배신당하는 공포를 알고 있었다. 무엇보다도 자신이 추악한 존재라는 걸 알고 있었으니까. 그래서 사람을 사귀는 게 무서웠다. 남을 믿는 게 무서웠다. 계속, 계속 그랬다.

그래서 늘 남과 한 걸음 거리를 두고 멀찍이 떨어져 보았다. 언제 배신당해도 상처받지 않게. 그런 자신에게 소외감을 느꼈다. 이곳은 내가 사는 세상이 아니라고, 소중한 사람들에게 둘러싸여 행복을 느낄 때마다 생각했다.

언젠가 사라질 생각이었다.

그런데…….

끊어낼 수 없었다.

인간은 그렇게 잔인하지 않았다.

그것을 깨달았으니까, 배웠으니까….

동경하고 말았다.

이루려면 위험이 따르는 이상을.

이런 나지만, 그곳에 있어도 되지 않을까 하고 바랐다. 모순이었다.

그러나 동경은 자신에게는 없는 무언가에 하는 것이었다. 멀면 멀수록 그 마음은 강해졌다. 리오에게 소중한 사람들은 머나먼 존재였다.

그래서 멀찍이 떨어져서 바라본 것이었는데…….

잃고 싶지 않다면 처음부터 복수를 결심하지 않았으면 됐을 텐데…….

그러면 나약한 걸까?

착해빠진 걸까?

모르겠다.

하지만 한 가지만큼은 아는 게 있었다.

그것은…….

이 싸움은 빨리 끝내야 한다는 것.

리오는 루시우스와 대치할 날이 머지 않았음을 막연하게 느꼈다.

◇ ◇ ◇

때는 리오가 프로키시아 제국의 성에 잠입해 황제 니들과 격투를 펼치기 전. 즉, 리오가 아이시아에게 세리아를 부탁하고 로다니아를 떠나기 전으로 거슬러 올라간다. 리오는 로다니아를 잠깐 떠나 근교 숲에 숨긴 바위 집에 들렀다.

환영 인사를 받고 거실로 이동해 소녀들에게 둘러싸여 극진한 대접을 받던 리오가 미안해하며 말을 꺼냈다.

"갑작스럽게 죄송하지만, 며칠 뒤에 다시 여행을 떠날 거라 한동안 집을 비울 거예요."

"……."

순간, 소녀들이 서로의 얼굴을 쳐다보았다. 그럴 거라고 예상했었다. 리오가 없는 사이에 비슷한 이야기를 나눴었다.

그렇기에 물어보지 않고도 모두 무엇이 목적인지 알아차렸다.

"목적지는, 프로키시아 제국입니다."

리오가 자기 입으로 목적지를 알렸다.

"레이스라는 사람을 쫓는 건가요?"

오피아가 조심스럽게 물었다.

"네. 루시우스, 제 어머니를 죽인 남자가 그곳에 있을 수도 있어서……. 사람을 죽이는 여행이 될지도 모릅니다."

리오는 스스로 복수 이야기를 꺼내려고 일부러 그렇게 말했다.

"……."

리오가 정식으로 복수 이야기를 꺼내면 어떻게 할지 미리 의논했지만, 막상 그 이야기가 나오니 소녀들은 어떤 표정을 지어야 할지 알 수 없었다.

"돌아……오겠지만, 이럴 때는 어떻게 헤어져야 할까요? 당당하게 사람을 죽이고 오겠다고 하면 여러분이 당황할 테고……."

리오가 난처한 듯 말끝을 흐리며 말했다.

"말릴 생각 없습니다."

사라가 딱딱하지만, 단호하게 말했다.

"우리끼리 몇 번 이야기했습니다. 리오 씨가 어머니를 죽인 사람에게 복수하려는 것에 관해서요. 모두 알고 있어요. 리오 씨는 누구보다 다정하고 성실한 사람이며 그렇기에 강하다는 것을. 리오 씨는 그런 사람이라서 괴로운 과거를 잊지 못해 모든 것을 짊어지려고 하고 복수하려고 하죠."

사라는 미하루, 라티파, 오피아, 아르마의 얼굴을 차례로 둘러보며 엄숙하게 말했다.

"……저는, 그런 대단한 인간이 아니에요."

리오는 떳떳하지 못한 듯이 얼굴을 찌푸렸다.

상대가 밉기 때문에 그저 죽이고 싶을 뿐이었다.

하지만 짐승처럼 사는 그 남자와 똑같아지고 싶지 않았다.

품격 따위 없었다.

하지만 품격을 잃고 싶지 않았다.

비참하고 꼴사나운, 미약한 저항이었다.

그래서 그 감정과 분노를 누르고 이성적으로 행동하려고 했다.

그뿐이었다.

"분명 우리는 상상도 할 수 없이 슬펐을 겁니다. 그러니 우리는 말리지 않겠습니다. 말릴 수 없습니다. 리오 씨는 모든 걸 이해하고 그 사람에게 목숨을 건 싸움을 거는 것일 테니……."

복수하지 않는 편이 낫다고 간단히 말할 수 있을 리 없었다. 우리가 생각할 수 있는 복수하지 않을 만한 이유를 리오가 생각하지 못했을 리가 없으니까. 그렇기에 사라는 확실하게 자기 의견을 말했다.

"사라가 다 말해줬지만, 그게 우리 생각이에요."

"그러니까 꼭 돌아오세요. 이 집에서 기다릴 테니까."

사라의 의견은 집에 있는 모든 사람의 의견이기도 했다. 오피아와 아르마가 말이 끝나기 무섭게 사라에게 동의했다.

"꼭 돌아와야 해, 오빠. 절대로 다른 데로 가면 안 돼. 알았지?"

라티파가 리오의 팔에 매달리며 호소했다.

"그런 어린애 아니야."

라티파는 마치 길 잃은 아이를 걱정하는 어린이 같았다. 리오는 난처한 표정을 지었다.

"하지만 오빠는 가끔 보면 어디론가 훌쩍 떠날 것 같단 말이야. 가까이 있는데 멀리 있는 것 같다고 해야 하나……."

말로 표현하기 어려운지 라티파가 답답해하며 말했다.

"……그래?"

리오는 속으로 놀라며 어색하게 반응했다.

"그래. 오빠는 늘 혼자 어슬렁어슬렁 나가버리고, 누가 묻지 않으면 자기 이야기도 안 해주고. 복수도 그래. 오빠가 고민하고 또 고민한 끝에 내린 답인 거 아니까 우리 모두 오빠를 배웅해주기로 했어. 하지만 사실은 우리 모두 오빠가 무슨 생각으로 복수하려는지 알고 싶고 불안하다고."

라티파가 솔직하게 털어놓았다.

"……라티파."

핵심을 찌르자 당황하긴 했지만, 라티파의 말은 리오에게 큰 감명을 줬다. 리오는 문득 미하루와 사라 일행을 둘러보고 그들이 계속 자신을 살펴보고 있었다는 걸 깨달았다.

"죄송합니다. 계속 도망치기만 했어요. 제 본모습이 부정당할 거라고 생각해서……. 하지만 아니었어요. 제가 복수 때문에 사람을 죽이려는 걸 알면서도 여러분은 이곳에 있어 줬죠. 그러니까 떠나기 전에 확실하게 이야기해야겠다고 생각했어요. 오늘은 그것 때문에 왔습니다."

리오는 각오한 표정으로 사실을 털어놓았다. 지금부터 리오가 밝히려는 것은 이곳에 들르기 전에 로다니아에서 세리아와 아이시아에게도 한 이야기였다. 그 이야기를 이곳에서도 하겠다고 결심하고 왔다.

"괜찮습니까? 무리하지 않아도……."

사라 일행은 서로 눈빛을 주고받으며 사양했다.

"……무리하지 않고 괴로운 일에서 도망치는 건 쉬워요. 저는 비겁한 놈이라 금방 도망치고 싶어지지만, 그래서는 평생 해결하지 못하고 도망만 쳐야 해요. 그건 안 된다고 생각했습니다. 그래서 복수하기로 했습니다. 그리고 여러분에게서도 도망치고 싶지 않아요. 비밀을 숨기고 거리 두고 싶지 않습니다. 그러니까 여러분이 들어준다면, 듣고 싶은 게 있다면 무엇이든 말할 생각입니다."

리오는 일행을 응시하며 말했다.

"……역시, 리오 씨에게 복수는 괴로운 일입니까?"

사라가 입을 열고 가만히 물었다.

"남을 원망하는 건 힘드니까요. 그래서 사실은…… 복수는 되도록 하고 싶지 않기도 합니다. 남을 상처 주지 않고 살 수 있다면 그러는 게 낫다는 생각도 있어요. 한 번 증오로 힘을 쓰면 증오가 돌아오고 앞으로 진흙탕 속을 걸어가야만 하니까……."

힘겹게 말하는 리오의 말에 소녀들은 가만히 귀를 기울였다.

"당하면 갚아주는 게 당연하니 끝이 없죠. 그러니 누군가 언젠가는 보복을 참아야 할지도 모릅니다. 이런 것도 알고는 있어요."

하지만……. 리오는 말했다.

"저는 압니다. 이 세상에는 어떻게 해서든 쓰러뜨려야만 하는 적도 있다는 것을."

확고한 의지를 보이며 리오는 단언했다.

"……."

사라 일행은 기백에 압도돼 숨을 삼켰다.

"타인의 소중한 무언가를 태연한 얼굴로 빼앗는, 아니, 희희낙락하며 빼앗는 놈이 있습니다. 그런 놈을 상대하는 한, 싸우지 않으면 모든 걸 잃습니다. 어떤 행복이든 부당하게 엎으려고 합니다. 그러니까 싸우는 겁니다. 싸워서 죽이는 겁니다. 더는 소중한 무언가를 빼앗기지 않기 위해……. 그게, 제가 복수하려는 이유입니다."

겉으로는 차가워 보이지만, 가슴 깊은 곳에 품은 뜨거운 정념이 리오의 말 마디마디에서 엿보였다.

정의를 행사해 재판하는 것이 아니었다. 소중한 무언가를 빼앗은 상대가 미우니까, 더는 빼앗기고 싶지 않으니까, 멋대로 굴게 하지 않겠다.

"……더는 소중한 무언가를 빼앗기지 않기 위해 싸운다. 그것은 어머니가 살해당해 복수하는 것과 다른가요? 그, 동기가 바뀌었나요?"

아르마가 물었다.

"똑같습니다. 까놓고 말해 빼앗으려는 적이 미운 게 동기니까요. 그 남자가 미워서 죽이고 싶은 마음은 예나 지금이나 똑같습니다. 단지 이제는 어머니를 죽여서 밉다는 이유만으로 복수하려는 게 아니라고 할까요……."

리오의 말끝이 흐려졌다. 소녀들이 고개를 갸웃거리며 리오의 얼굴을 바라보았다. 잠시 뒤…….

"여러분을, 저와 그 남자 사이의 증오의 연쇄에 휘말리게 하고 싶지 않습니다. 그 남자가 저와 싸우며 여러분을 내버려 둔다는 보장이 없어요. 그건 절대 안 됩니다. 그러니까 빨리 끝내야만 해요."

증오의 연쇄를 끊으려면 누군가가 죽는 수밖에 없었다. 둘은 서로에게 방해되는 존재였다.

밉고 방해되니까 죽인다.
그것은 절대 재판일 수 없었다.
살인이었다.
"그 남자를 죽이면 증오의 연쇄가 끝날지도 몰라요. 하지만 어쩌면 끝나지 않을지도 모르죠. 제가 가까이 있는 것만으로 여러분을 진흙탕으로 끌어들일지도 모릅니다. 제가 여러분과 거리를 두면 피할 수 있을지도 모르지만……."
"그건 절대 안 돼요!"
미하루, 사라, 오피아, 아르마, 라티파의 목소리가 겹쳤다.
"……조금 전까지는 그러려고 했습니다. 설령 아무것도 남지 않더라도 혼자인 게 낫다고 생각했으니까요. 저는 여러분 곁에서 사라져야 한다고 생각했어요."
리오는 소녀들의 비난 가득한 시선을 받았다.
"우으."
라티파는 리오가 도망가지 못하게 팔을 꼭 잡았다.
"하지만 지금은 아니에요. 쉽지 않은 길을 걷고 싶어졌습니다. 쉽지만은 않겠지만, 분명 그 길이 더 즐거울 테니까요."
리오는 난처한 미소를 짓고 조금 쑥쓰러워하며 덧붙였다. 소녀들은 만족했는지 흐뭇하게 고개를 끄덕였다.
"리오 씨, 분위기가 조금 달라졌네요."
오피아가 후훗 하고 웃으며 지적했다.
"그런가요?"

리오가 쑥쓰러워하며 고개를 갸웃거렸다.

"네. 로다니아에서 지내면서 분위기가 조금 부드러워진 것 같아요. 심경 변화가 있었던 것과 관련이 있을까요?"

"글쎄요. 요즘 평온한 날이 이어져서 그런 걸 수도 있겠지만…… 생각을 바꾸기로 생각한 계기를 만들어준 건 미하루 씨와 사츠키 씨, 마사토 덕분이라고 할까요."

리오가 말하고 미하루를 보았다.

"네? 내, 내가요?"

적극적으로 발언하지는 않던 미하루가 놀라서 움찔했다.

"네. 가르아크 왕국에서 세 사람이 제게 직접 마음을 전해줬잖아요. 타인에게 마음을 전하는 게 얼마나 중요한지 배웠어요."

리오는 미소 지으며 말했다.

"읏…… 아니에요. 그때 이래저래 대담한 행동을 해서……."

미하루는 부끄러운지 고개를 숙였다. 생각나버렸다. 가르아크 왕성에서 우연히 리오에게 고백했을 때가.

——좋아해. 좋아해서, 함께 있고 싶어. 환생 전의 하루도, 지금의 하루토 씨도. 나는 같은 사람을 두 번, 좋아하게 됐어.

자기 입으로 한 말이 미하루의 뇌리를 스쳤다. 미하루, 리오, 두 사람과 패스가 연결된 아이시아가 미하루의 대화를 리오와 공유하던 중 타카히사에게 한 말이었다.

'아, 설마 들었을 줄이야. 아이…….'

어쩔 수 없는 일이었고 마음을 전해서 오히려 잘된 일이었지만, 너무 창피했다.

다행히 가르아크 왕국을 떠난 뒤로는 따로 움직이는 일이 많았는데 가끔 마주치면 무슨 말을 꺼내야 할지 모를 때가 있었다.

안 그래도 미하루는 낯을 가렸다. 다른 사람들과 함께 있어서 그렇게 신경 쓰이지 않았지만, 그래도 오랜만에 만나니 긴장됐다.

'뭐지. 예전보다 긴장되는데?'

지금도 의식해서 그런지 두근거림이 멈추지 않았다.

"연회에 갔다온 뒤로 미하루 언니가 종종 뭔가를 떠올리고 이상하게 굴어."

라티파가 짓궂게 웃었다.

"이, 이상하게 군 적 없고 뭔가를 떠올린 적도 없어. 내 이야기는 됐어. 하루토 씨 이야기 중이었잖아."

미하루가 얼굴을 붉히고 황급히 본론으로 돌렸다.

"분위기가 깨졌지만요."

아르마가 피식 웃었다.

"그러게 말입니다." "후후."

사라는 탄식했고 오피아는 키득키득 웃었다.

"여러분이 궁금해할 이야기는 말하고 싶지 않고 말 못 합니다. 하지만 다 끝나면 이곳으로 돌아올게요. 그동안 집을 봐주시겠어요? 그런 일이 없었으면 좋겠지만, 이 집

이나 로다니아에서 제가 없는 동안 아무 일도 없을 거란 보장이 없어요. 문제가 생기면 아이시아와 서로 도움을 주고받았으면 좋겠습니다."

"물론입니다."

"감사합니다."

사라 일행이 즉각 대답하자 리오가 인사했다.

"감사받을 일이 아닙니다." "응." "맞아요."

사라, 오피아, 아르마가 말했다.

"아뇨, 감사해야 하는 일투성이에요."

"그렇습니까? 딱히 감사받을 이유도 생각나지 않습니다만……."

사라 일행이 의아해하며 서로의 얼굴을 보았다.

"여러분 앞에서 사라져야 한다는 생각을 바꿀 수 있었던 건 사라 씨와 오피아 씨, 아르마 씨, 그리고 라티파 덕분이기도 해요. 그러니까 제대로 고마움을 표현해야죠."

"그 말을 들어도 딱히 생각나는 게 없는데요."

사라 일행은 계속 의아해했다.

"그렇지 않아요. 제가 돌아오길 기다려주잖아요. 돌아와도 된다고 가르쳐줬어요. 아직 정말로 돌아와도 되나 싶긴 하지만, 정말 기뻤습니다."

그러니까 변해도 된다고 생각했다. 리오가 평온하게 말하자 사라, 오피아, 아르마가 갑자기 쑥스러운 표정을 지었다. 라티파는 "에헤헤." 하며 수줍어했고 미하루가 그들을 흐뭇하게 바라보았다.

"그, 그러니까 그런 당연한 일을 고맙다고 하면 곤란합니다."

사라가 리오와 눈이 마주치자 상기된 목소리로 말하고 퉁명스럽게 시선을 피했다.

"아, 사라, 부끄러워한다."

오피아가 재미있어하며 지적했다.

"부, 부끄럽지 않습니다."

사라가 휙 고개를 돌리며 부정했다. 그 모습을 보고 아르마가 놀랐고 다른 사람들은 재미있어하며 웃었다. 리오도 입가에 미소를 그렸다.

이것은 리오가 프로키시아 제국의 성에 잠입하기 한 시간 전에 있었던 일. 폭풍전야처럼 평화로운 한때였다.

【 제 1 장 】 ❈ 왕녀 자매의 수난

리오가 프로키시아 제국의 성에서 니들과 싸우고 3일이 지난 날 정오 무렵, 벨트람 왕국과 가르아크 왕국 국경 부근 상공을 비행하는 마도선의 한 객실.

"'텔레포트'."

배에 침입한 세 도적이 전이결정을 사용하자 크리스티나와 플로라가 순식간에 방에서 모습을 감췄다.

도적들도 전이결정을 사용해 그 자리에서 홀연히 사라졌다. 방에 남은 사람은 복부를 찔려 엄청난 피를 흘리는 바네사뿐이었다.

얼마 지나지 않아 방문이 거세게 열렸다.

"야! 무슨 일이야?!"

로아나와 다른 방에 틀어박혀 있던 히로아키가 나타났다. 싸움이라도 한 것처럼 어질러진 방과 많은 피를 흘리며 바닥에 쓰러진 바네사를 목격하자…….

"헉……."

히로아키는 놀라서 눈을 부릅뜨고 할 말을 잃었다. 끼기긱 소리가 날 것처럼 어색하게 고개를 움직여 방을 둘러봤지만, 크리스티나와 플로라는 보이지 않았다.

"이게 무슨……."

히로아키의 뒤에서 방 내부 상황을 확인한 로아나의 얼

굴이 창백해졌다.

"자, 잠깐, 어떻게 된 거야, 이게……!"

히로아키는 허둥지둥하며 언성을 높였다. 한편.

"바네사 씨!"

로아나는 황급히 바네사에게 달려갔다.

"윽…… 공주……님……."

바네사는 초점이 맞지 않는 흐리멍덩한 눈으로 허공을 보며 신음하듯 쉰 목소리를 흘렸다.

"아직 숨이 붙어있어!"

로아나는 바네사가 아직 살아있다는 것을 확인했다. 그러나 기사복은 흠뻑 젖었고 바닥에 피웅덩이가 생길 정도로 대량의 피가 흘러나왔다. 이대로라면 과다출혈로 죽을 것이 뻔했다.

"이봐, 무슨 일이 있었던 거야?! 크리스티나와 플로라는 어디 있어?! 어이!"

히로아키는 동요했는지 히스테릭하게 바네사에게 물었다.

"아, 공, 주님……."

바네사는 입을 뻐끔거렸다.

"아, 말하지 말아요! 당신 죽는다고요?!"

로아나는 억지로 말 시키지 않고 바네사가 허리에 찬 단검을 뽑았다. 그리고 바네사의 재킷 단추 실을 뜯고 아래 입은 두툼한 셔츠 단추도 뜯어 바네사의 상반신을 드러냈다.

"로, 로아나, 뭐 하는 거야?!"

히로아키가 반라가 된 바네사를 보고 놀라서 물었다.

"상처를 확인하고 있습니다. 배만…… 찔렸는데, 큭, 이건……. '힐'."

로아나는 바네사의 몸을 최소한으로 움직여 상처를 확인하고 주문을 외워 복부를 치료하기 시작했다. 칼을 찌르고 비틀었는지 바네사의 배는 움푹 파였고 새빨갰다.

"으아, 끔찍……."

히로아키는 구역질이 나는지 참지 못하고 바네사에게서 파랗게 질린 얼굴을 돌렸다.

"저 혼자서는 못 구할 수도 있어요. 히로아키 님, 복도를 향해 큰소리로 도움을 요청해주세요. 배에 도적이 있을지도 모르니 절대 밖으로 나가지 마세요."

로아나가 핏기없는 얼굴로 지시했다. 안 보이는 걸 보니 이미 도망쳤겠지만, 혹시 모르는 일이었다. 하지만 그렇다고 살릴 수 있을지도 모를 생명을 못 본 척할 수는 없었다.

"아, 응……. 어, 어이! 거기, 거기 누구 없어?!"

히로아키는 쭈뼛쭈뼛 고개를 끄덕이고 문으로 가서 고요한 복도를 향해 큰 소리로 도움을 요청했다.

"……."

그러나 복도에 있는 여러 방문을 열고 사람이 나오는 기척은 없었다. 당연했다. 근처에 있던 병사들은 습격자들의 손에 시체가 되어 방에 처박혀있었으니까.

"어이! 이봐! 저기요! 너희 뭐 하는 거야?!"

히로아키는 초조한 목소리로 외쳤다.

'큰 소리 내면 도적이 이 방으로 오는 거 아니야?'

소리 지르던 중에 불안함이 솟아올라 안절부절못했다.

"어이! 야! 어이! 왜 아무도 없어?!"

히로아키는 그래도 외쳤다. 시체가 굴러다니는 방의 문이 늘어선 복도를 향해…….

"아무도 안 와……."

잠시 뒤, 히로아키가 힘없이 중얼거렸다.

"대체…… 뭐가 어떻게 된 거야?"

그 대답을 아는 사람은 이 배에 없었다. 살아남은 승조원이 배가 이상하다고 알아챈 것은 조금 뒤의 일이었다.

◇◇◇

한편, 파라디아 왕국 서부. 슈트랄 지방 북동쪽에 점재한 소국 중 하나, 프로키시아 제국과 동맹관계인 나라에서.

도적 때문에 강제로 전이된 크리스티나와 플로라는 울창한 숲속에 어울리지 않는 드레스를 입고 서 있었다.

"……어?! 어?!"

갑자기 풍경이 바뀌자 혼란스러워하던 플로라는 그들이 어두컴컴한 숲속에 있다는 것을 깨닫고 옆에 있는 언니에게 조심스레 달라붙었다.

"……여기는?"

크리스티나는 남자들이 채운 마봉의 목걸이를 건드리며 넋이 나간 얼굴로 주위를 둘러봤다. 아무리 눈을 굴려도 울창한 초목만 보일 뿐이었다.

마도선에서 세 명의 도적에게 공격당했는데 왜 지상의 숲에 있는가? 이건 꿈인가? 하지만 목걸이의 차가운 감촉이 그것을 부정하고 있었다.

주위를 둘러봐도 인기척은 없었다. 초목이 바람에 술렁였다. 귀를 기울이니 멀리서 새와 짐승의 울음소리가 들렸다. 두근거림이 가라앉지 않았다.

'마도선에서 도적들이 우리에게 던진 결정형 마도구……. 공간마술이 담긴 마도구였나?'

크리스티나는 비현실적이라고 해도 과언이 아닌 상황에서도 애써 냉정하게 필사적으로 머리를 굴렸다.

공간마술은 슈트랄 지방의 현대마술로는 쓸 수 없는 초고등 마술이지만, 고대 마도구 중에는 그런 것도 있다는 문헌을 왕립학원 시절에 봤고 용사들을 소환하는 성석에도 공간마술이 담겨있다고 보았다. 현재 상황은 공간마술을 썼다고 생각하지 않으면 도저히 설명이 안 됐다.

그러나 이런 곳에 전송해놓고 정작 아무도 모습을 보이지 않는 게 이상했다. 남자들도 전이한 뒤에는 어떻게 될지 모른다고 했지만…….

'죽일 생각이면 이미 죽였다고 했지. 걸림돌은 많을수록 좋다고도 했어. 우리를 인질로 이용할 셈인가? 하지만 주

위에 아무도 없는데…….'

왕족인 그들을 인질로 이용하려는 세력과 인물은 많은데 정보가 부족해서 상황 파악이 되질 않았다.

"언니……?"

크리스티나가 생각에 잠기자 플로라가 불안해하며 말을 걸었다.

"미안. 상황을 파악하고 있었어. 혼란스러워서."

크리스티나가 플로라를 진정시키며 다정하게 미소 지었다.

"여기는 어디일까요? 바네사와 히로아키 님, 로아나, 배에 있던 이들은……."

플로라의 얼굴에 짙은 그림자가 드리웠다.

"마도선은 평소처럼 비행 중이었으니 조타실에 있던 사람들은 무사할 거야. 틀림없이 히로아키 님과 로아나도. 바네사도 누군가 알아채고 치료해줄 거야……. 그러니까 지금은 우리부터 생각하자."

크리스티나가 플로라를 안고 머리를 쓰다듬으며 말했다. 그것은 동생만이 아니라 자기 자신에게 하는 말이기도 했다.

아직 동요 중인지, 앞이 보이지 않는 상황에 막연한 위기감을 느끼는지, 손이 살짝 떨렸다.

"……네."

플로라는 천천히 고개를 끄덕였다.

"여기 있으면 그 남자들의 동료가 올지도 모르는데……

순순히 도적에게 잡힐 수는 없지. 무작정 출발하기 전에 이 주변을 둘러보자. 무슨 단서가 있을지도 몰라."

두 사람은 일단 주변을 탐색해보기로 했다. 몇 분 뒤.

"언니, 오두막이 있어요!"

"응, 보이네."

크리스티나와 플로라는 전이한 곳 근처에서 외딴 오두막을 발견했다.

'우리가 전이한 곳 코앞이야. 그 남자들이 소유한 시설이라고 보는 게 자연스러운데…….'

안에 누가 있을지 몰랐다. 만약 빈집이더라도 무언가 정보를 얻을 가능성이 컸다. 크리스티나는 오두막을 쳐다보며 그런 생각을 했다.

"……밖에서 살피다가 아무도 없는 것 같으면 오두막 안을 확인해보자. 날 따라와."

"네."

두 사람은 주위를 경계하며 오두막으로 접근했다.

드레스와 구두. 숲속을 돌아다닐 복장이 아니었고 매우 눈에 띄어서 몰래 돌아다니기에 적합하지도 않았다. 안 그래도 발 둘 곳이 불안정한 숲에서는 걷기 몹시 힘들었다. 그래도 오두막에 10미터까지 접근했다.

"좀 더 다가가 볼게. 넌 여기 숨어있어."

크리스티나는 그 말을 남기고 홀로 오두막으로 다가갔다. 현관이 아니라 뒤로 가서 귀를 기울였다.

'아무 소리도 안 나.'

대화는 커녕 사람이 걸어서 바닥이 삐걱대거나 뭔가 작업하는 소리도 들리지 않았다. 완전한 정적이었다.

'창문은 닫혔는데…….'

크리스티나는 자기 키보다 조금 높이 있는 작은 나무 창문을 살짝 열어보기로 했다. 작게 삐걱대는 소리를 내며 창문이 열렸다. 살짝 까치발을 들어 안쪽을 들여다보았다.

'아무도 없어.'

불이 없어 어둡지만, 테이블과 의자가 있는 게 보였다.

크리스티나는 집 주위를 한 바퀴 돌고서 오두막 창문을 열고 신중하게 안을 살폈다. 불 켜진 방은 없었고 오두막 안에는 정말 아무도 없었다.

"플로라, 이리 와."

크리스티나는 현관 앞에 서서 나무 뒤에 숨은 플로라를 불렀다.

"안에 아무도 없나요?"

"응. 도둑 같아서 꺼림칙하긴 하지만, 들어가 보자. 문이 열려있어. 아주 사소한 정보라도 필요해. 이 숲속에서 살아남는데 필요한 물자도."

"……네."

플로라도 죄책감이 드는지 망설이며 고개를 끄덕였다.

"열게."

크리스티나는 손잡이를 잡고 당겼다. 작은 창문을 열었

을 때보다 큰 소리가 났다. 안에 아무도 없는 줄 아는데도 놀랐는지 둘 다 몸을 움찔했다.

문을 여니 주방 겸 거실로 보이는 방이 있었다.

"들어가자." "실례합니다……."

크리스티나가 먼저 발을 들이고 플로라가 뒤따랐다.

"플로라. 마법으로 불을 만들어줄래?"

크리스티나가 마봉의 목걸이를 건드리며 부탁했다.

"네! ≪라디에이션≫."

플로라는 손을 뻗고 주문을 외웠다. 그러자 손 앞에 기하학 문양 술식이 떠오르더니 둥근 빛으로 변했다. 파괴력은 없지만, 어둠을 밝히는 용도로 개발된 마법이었다. 빛의 세기는 술사가 조정할 수 있고 따뜻한 열을 방출해서 몸을 데울 수도 있었다.

"혹시 모르니 모든 방에 사람이 없는지 확인해보자."

"네."

건물은 크지 않았다. 현관으로 들어가면 바로 나오는 주방 겸 거실, 침대 세 개가 놓인 침실, 그리고 창고로 보이는 작은 방과 화장실이 끝이었다. 금세 모든 방을 둘러보고 오두막이 완전히 빈 것을 확인한 두 사람은 거실로 돌아왔다.

"……관리는 하는 것 같네."

크리스티나가 중얼거렸다. 가구와 침대에 먼지가 쌓이지 않았다.

“역시 누가 사는 걸까요?”
“아니면 우리가 이 오두막을 발견할 줄 알고 그 남자들이나 동료가 미리 손봤을지도 모르지.”
“…… .”
플로라는 굳은 얼굴로 할 말을 잃었다.
“무섭게 해서 미안해. 이 거실과 주방도 그렇고 침실도 그렇고, 조촐하고 생활감이 없는 걸 보니 누가 현재진행형으로 사는 것 같지는 않아. 안심할 수는 없지만…… .”
크리스티나가 난처한 얼굴로 말했다.
“어, 어떡하죠?”
플로라가 초조한 얼굴로 물었다.
“어쩔 수 없지. 만약 그 남자들과 무관한 사람이 소유한 오두막이라면 미안하지만, 식자재와 도움될만한 물건이 있는지 찾아보자. 따라와.”
크리스티나는 제일 먼저 주방으로 갔다. 찬장을 열어보니 간단한 조리도구와 식기가 수납되어있었다. 땔감도 있었다.
“조리도구는 갖춰져있네. 식자재가 있을지가 문제지만. 창고 방을 확인해보자.”
“네.”
둘은 창고 방으로 이동했다.
“내가 찾아볼게. 너는 방을 밝혀줘.”
크리스티나가 척척 지시했다.

"네."

플로라가 방을 밝히자 크리스티나는 창고 방에 있는 나무상자를 몇 개 열어봤다. 그곳에는 말린 고기와 말린 빵 같은 보존 식량과 기름이 든 병, 조미료가 든 병, 그리고 술병이 있었다. 그리고 한 나무상자에는 종이 한 장. 글씨가 적혀있었다.

"……편지?"

크리스티나는 플로라가 비추는 불로 다가가 편지를 읽었다.

──식자재입니다. 독은 없으니 편히 드십시오. 숲속에 곰과 늑대 같은 동물이 돌아다니지만, 오두막에 있으면 안전합니다.

편지 내용은 이러했다.

"……역시 여기는 그 남자들이 소유한 오두막인가 봐. 이 방에 있는 식자재는 그 남자들이 우리 것으로 준비한 것 같아. 독은 없다고 적혀있는데……."

크리스티나가 물자를 내려다보며 고민 가득한 표정으로 중얼거렸다. 전이마술을 담은 마도구까지 이용해 두 사람을 살려서 이곳으로 보냈다. 일부러 독살할 이유가 떠오르지 않으니 거짓말은 아니겠지만, 남자들의 목적이 파악되지 않았다.

두 사람을 인질로 삼으려는 느낌은 받았지만, 숲속에 방치하는 이유는 무엇일까? 함부로 움직이지 못하게 숲에 내던진 건 알겠는데 감시하기엔 인원이 부족해 보였다. 혹시 조직적 범행은 아닌건가? 하는 의문이 들었다.

"재료가 있으면 요리할 수 있어요. 로다니아에서 요리 배워두길 잘했네요."

플로라가 어두운 분위기를 떨쳐내려는 듯이 말했다. 왕녀인 그들이 요리를 배울 필요는 없지만, 떨어져 있던 공백의 시간을 메꾸기 위해 휴가를 이용해 자매끼리 요리를 배운 적이 있었다.

"여기 있는 재료로는 우리가 배운 요리는 못 만들 것 같지만, 그래. 요리 경험이 있고 없고의 마음가짐이 다르기도 하고."

크리스티나는 지금 생각해도 해소되지 않는 의문을 잊고 키득 웃으며 고개를 끄덕였다.

"이 오두막에 있으면 안전하다고 써놨네요."

플로라가 편지를 들여다보며 말했다.

"확실히 안전만 생각하면 가장 현실적인 선택지는 이 오두막에 머무는 건데……."

이 오두막에 있어도 언젠가 그 남자들의 손아귀에 잡힐 뿐이었다.

'여행이 단순히 걷기만 하는 게 아니라는 건 아마카와 경의 호위를 받을 때 뼈저리게 알았어. 지금 나는 마법을 못 써서 제대로 싸우지도 못하니 믿을 수 있는 호위가 필요해.'

그러나 여관에 묵을 돈도 없었다. 로다니아로 돌아가고

싫어도 호위를 고용할 수 없어서 전투는 전부 플로라가 맡아야 했다. 이곳이 레스토라시온의 세력권이라면 모를까, 아니라면 여행 난이도가 급상승했다.

적어도 마법이라도 쓸 수 있으면……. 크리스티나는 마봉의 목걸이에 손을 대고 답답한 얼굴로 생각에 잠겼다.

심지어 이곳은 숲속. 어떤 위험이 있을지 몰랐다. 일시적이라고는 하나 동생의 안전을 생각하면 오두막에 있어야 한다고 언니로서의 크리스티나가 마음 속으로 호소했다.

그러나 왕족으로서의 크리스티나는 오두막에서 나가야 한다고 주장했다. 위험하기는 해도 자유롭게 행동할 수 있다면 나라를 위해 최선의 목표 달성을 향해 움직여야 했다. 그것이 왕족의 책무라고…….

"언니, 저 열심히 할게요!"

다시 시무룩한 표정으로 생각에 잠긴 크리스티나의 얼굴을 본 플로라는 언니가 무슨 생각을 하는지 알아챘는지 주먹을 쥐고 힘을 실었다.

"플로라……."

도적들은 탈출이라는 선택지를 고르지 못하게 자신의 마법을 봉했는지도 몰랐다. 플로라는 척 봐도 전투에 익숙하지 않으니까…….

크리스티나는 그렇게 생각했다. 그래도 플로라에게 기대어야 하는 것이 현재 상황이었다.

"숲에서 탈출한다면 이 목걸이 때문에 마법을 쓰지 못하는 나는 걸림돌일 뿐이야. 만약 들짐승이 공격해도 전부 네가 싸워야 해. 알고 있니?"

크리스티나가 물었다.

"네."

플로라는 숨을 삼키며 고개를 끄덕였다.

"……좋아. 그러면 오두막에서 준비를 마치면 탈출을 시도해보자. 그다음에 여기가 어딘지 알아보고 로다니아로 돌아가는 거야."

크리스티나는 오두막 밖으로 나가기로 결정했다.

그때였다.

꼬르륵, 귀여운 소리가 났다. 소리 발생지는 둘 중 하나이니 특정하기 쉬웠다.

크리스티나는 멀뚱멀뚱한 표정으로 플로라를 보았다.

"아, 아니에요!"

플로라가 배를 누르며 얼굴을 붉히고 변명했다.

"오전에 가르아크 왕국을 떠나서 점심을 먹었을 시간이었지. 식사는 여기서 하고 갈까?"

크리스티나가 키득키득 웃으며 말했다. 그들은 준비하고 오두막을 떠나기 전에 끼니도 챙기기로 했다.

◇ ◇ ◇

그 후, 크리스티나와 플로라는 출발에 앞서 필요한 짐을 챙기고 오두막에 있던 조리도구와 식자재를 사용해 요리를 시작했다.

메뉴는 곡물과 보존 식량 고기를 끓여 소금으로 간을 맞춘 수프. 그리고 딱딱한 말린 빵을 수프에 적셔 먹었다.

분담할 작업이 없어서 조리는 크리스티나가 혼자 했다. 시간도 얼마 걸리지 않았다. 완성한 요리를 그릇에 덜어 거실 테이블로 옮기고 마주 보며 앉았다.

"자, 먹어봐……."

크리스티나는 음식이 든 그릇을 내려다보며 자신 없이 말했다. 간을 보니 못 먹을 정도는 아니었지만, 빈말로라도 늘 먹던 음식보다 맛있다고 할 수 없었다.

"잘 먹겠습니다……. 맛있어요, 언니!"

그러나 플로라는 숟가락으로 수프를 입에 넣더니 기뻐하며 활짝 웃었다.

"……응."

크리스티나는 동생의 얼굴을 보며 눈을 깜빡이고 조금 무뚝뚝하게 맞장구쳤다.

이 미소를 지키고 싶었다.

여행의 철칙으로는 오전 중에 출발하는 게 상식이었다. 그러나 크리스티나와 플로라는 오두막에서 점심을 먹고

숲속으로 들어갔다.

오두막에서 하룻밤 묵는 생각도 했지만, 출발을 미룰수록 도적이 들이닥칠 위험성이 크다고 생각했기 때문이었다.

공교롭게도 오두막에 지도가 없어서 이곳이 어디인지 파악하지 못했기에 최악의 상황에는 노숙할 각오도 했다.

하지만 오두막을 나가 무작정 걸음을 옮기지는 않았다.

"이 나무가 좋겠어."

크리스티나는 다른 나무보다 크고 가지가 많은 나무 앞에 서서 올려다보았다. 플로라가 신기해하며 물었다.

"이 나무가 왜요?"

"나무 위에서 방향을 확인하는 거야. 전망이 좋으면 숲이 끝나는 곳을 볼 수 있을지도 몰라."

"아…… 역시 언니예요!"

"아마카와 경이 여행하는 동안 숲속을 이동할 때 이렇게 방향을 확인했어. 나는 흉내 내보려는 것뿐이고."

동생이 칭찬하자 크리스티나가 난감해하며 말했다.

"하루토 님이……."

그 이름을 들은 플로라의 표정이 살짝 부드러워졌다. 크리스티나는 그것이 기분 탓이 아니라고 생각했다.

"자, 이제 올라가 볼까?"

크리스티나는 자기가 오를 생각으로 매달릴만한 가지를 고르기 시작했다. 그러자 플로라가 말렸다.

"저기, 제가 나무에 오를게요, 언니."

"네가……? 넌 운동 못 하잖아."
예상하지 못한 제안이었는지 크리스티나가 눈을 깜빡였다.
"그래도, 마법으로 신체 능력을 강화하고 제가 오르는 편이 나아요."
"하지만……."
플로라의 말이 맞았지만, 크리스티나는 망설였다. 혹여나 플로라가 떨어질 것을 생각하면 자신이 오르는 게 낫다는 생각이 들었다.
운동치 마도사가 신체 능력 강화 마법을 쓰고 움직이면 신체 능력이 향상돼도 넘어지는 일이 많았다. 나무 오르기가 격한 운동은 아니지만, 그래도 근육을 쓸 텐데 불안했다.
"저는 언니처럼 머리가 좋지 못하니 하다못해 이 정도 일은 하게 해주세요. 괜찮아요."
플로라가 웬일로 적극성을 발휘했다.
"……알았어. 절대로 무리하지 마. 위험할 것 같으면 바로 중단해도 돼. 구두 신고 오르기 힘들 테니까 벗어. 드레스도 오르기 힘들 수 있으니까 경망스럽지만, 참아줘."
크리스티나는 망설이다가 고개를 끄덕이고 나무에 오를 때 드레스가 방해하지 않게 걷어 올려 오두막에 있던 끈으로 묶었다.
"네! ≪인챈트 피지컬 어빌리티≫."
용감하게 대답한 플로라는 구두를 벗고 주문을 외웠다. 직후, 플로라의 몸이 기하학 문양 술식에 잠깐 휩싸였다.

신체 능력이 향상됐다는 증거였다.

"정말 조심해야 해. 가는 가지 말고 굵은 가지를 써. 한 번에 높이 있는 가지를 잡으려고 하지 말고 조금씩 올라가."

크리스티나가 걱정스러운 얼굴로 소리쳤다.

"알겠어요! 그럼 다녀오겠습니다……! 읏차!"

플로라가 쓴웃음 지으며 대답하고 드디어 나무에 오르기 시작했다. 언니의 조언을 지키며 억지로 높이 있는 가지를 잡으려고 하지 않고 조금씩 올랐다.

"……."

함부로 말을 걸면 집중력만 떨어뜨린다는 걸 아는지 크리스티나는 말없이 나무를 타고 오르는 플로라를 쳐다보았다.

"읏차……. 으쌰……."

플로라는 끙끙대며 위만 보고 올라갔다.

'괜찮아 보여. 그래도 방심하지 말고 지켜봐야지.'

크리스티나는 혹여나 플로라가 떨어지면 반드시 받아내겠다고 맹세했다.

"언니, 도착했어요! 나무 꼭대기예요! 경치가 굉장해요!"

걱정과 달리 플로라는 무사히 나무 정상에 도착했다.

"시간대를 생각하면 지금은 남쪽에 해가 떠있을 테니까 태양의 위치를 잘 기억해둬. 그리고 숲이 끝나는 곳은 보이니?"

지면에서는 나뭇잎과 가지에 가려 보이지는 않았지만,

플로라가 주변 경치에 눈을 빼앗긴 모양이었다. 크리스티나는 그녀에게 큰소리로 외쳤다.

"해 위치 기억했어요! 다른 나무도 키가 커서 숲이 끝나는 지점은 보이지 않지만…… 멀리서 연기가 피어오르는 게 보여요!"

지상에 있는 크리스티나에게까지 목소리가 울려 퍼졌다.

"……사람이 사는구나. 어느 쪽인지 알겠어?"

앞에는 혼잣말, 뒤에는 다시 크게 소리쳐 물었다.

"으음, 해가 저쪽에 있으니까…… 동쪽인 것 같아요!"

"고마워! 방향을 외우고 아래로 내려올래?"

"네!"

플로라의 힘찬 목소리가 들렸다. 잠시 뒤, 가지와 나뭇잎 사이로 플로라가 내려오는 모습이 보였다.

"내려올 때는 바닥을 의식하지 말고 바로 아래에 있는 가지만 보도록 해! 충분히 발판이 될만한 걸 골라."

크리스티나는 나무를 탄 적이 없지만, 플로라가 어떤 광경을 보고 있을지 상상하며 조언했다.

"네, 네. 바닥을 너무 의식하지 말고, 나뭇가지만……."

플로라는 달달 떨며 조금씩 내려왔다. 올라갈 때보다 시간이 제법 걸렸지만, 그래도 이제 지상까지 2미터가 남았다.

"이제 괜찮겠어……."

조마조마하게 지켜보던 크리스티나가 안도하며 말했다.

"네. 이 정도면 가지에 매달려서…… 꺅!"

가지에 매달려 내려오려고 웅크려 앉는 순간, 가지가 부러졌다. 갑작스럽게 떨어지는 느낌에 놀라 플로라가 비명을 질렀다.

"위험해!"

동시에 크리스티나가 플로라 아래로 달려갔다. 떨어진 플로라를 받았지만, 버티지 못하고 함께 넘어졌다. 그래도 쿠션 역할은 충분히 해냈다.

"아야야……."

크리스티나에게 안겨 플로라가 조심스럽게 눈을 떴다. 눈을 뜨니 눈앞에 언니의 얼굴이 있었다.

"……괜찮아?"

"네, 간신히……."

"그래. 다행이다."

크리스티나는 안도하며 가슴을 쓸어내렸다. 둘은 잠시 서로를 끌어안은 채 마음 놓고 바닥에 누워있었다.

"후, 후후후. 이런 숲에서 끌어안고 있으니 이상하네. 이제 갈까?"

크리스티나가 즐겁게 웃으며 제안했다.

"네."

플로라가 쑥스러워하며 고개를 끄덕였다.

"드레스도 엉망이네. 출발하기 전에 치마를 내리자. 구두도 신고."

크리스티나가 일어나 플로라의 모습을 확인하고 끈을

풀어 걷어올린 드레스를 원래대로 내려줬다. 벗었던 구두도 주워서 신게 했다. 맨발로 걸을 생각도 했지만, 나뭇가지가 찔려 다칠 수 있으니 단념했다.

나무를 타다가 가지에 걸렸는지 플로라의 드레스가 찢기고 틑어진 부분이 눈에 띄었다.

"고맙습니다."

플로라는 뭐가 좋은지 방긋방긋 웃으며 인사했다.

"고맙단 말 들을 일 한 적 없어. 그보다 방향은 기억해?"

별난 아이야, 라며 크리스티나가 쑥스러워하며 말하고 바닥에 뒀던 짐을 들며 물었다. 오두막 침대에 있던 모포로 만든 배낭이었다. 안에는 식자재와 조미료, 조리도구를 넣었다.

거기에 드레스와 구두를 신어서 남의 눈에는 우스꽝스러울 정도로 뒤죽박죽이었지만, 이곳에는 신경 써야 하는 남의 눈이 없었다.

"네! 해는 저쪽이고 저 방향에서 연기가 피어오르고 있었어요!"

플로라도 자기 배낭을 메고 기억하는 방향을 가리켰다.

"잘했어. 이제 가자."

이 어두운 숲속을 탈출하기 위해 두 사람은 나란히 걸었다.

그로부터 얼마나 시간이 흘렀을까. 안 그래도 걷기 힘든 숲을 보행에 적합하지 않은 굽 높은 화려한 구두를 신고 걷는 두 사람. 고가의 드레스 끝자락은 이미 흙이 묻어 더러웠다.

다리가 제법 무거워졌고 발도 까졌지만, 플로라의 치유마법으로 상처를 치료해 통증을 완화하며 앞으로 나아갔다.

하지만 해가 지기 시작했는지 숲속이 많이 어두워졌다. 시간이 지나며 대화도 줄었다.

'끝이 안 보여. 얼마나 걸었지? 방향 착오는 생각하기도 싫은데…….'

묵묵히 생각하며 발을 움직이던 크리스티나는 옆에서 걷는 플로라를 보았다. 표정에 피곤한 기색이 보였다.

눈에 보이는 건 나무뿐. 걷기 시작했을 때는 저 앞까지 보였는데 지금은 앞이 제법 어두워졌다.

숲을 얕본 건 아니지만, 오늘 안으로 숲을 빠져나가길 기대했다. 그래서인지 기대가 꺾이는상황이 오자 정신적, 육체적으로 피로가 훅 밀려왔다.

"……오늘은 그만 쉴까? 밥 먹고 푹 잔 다음 내일을 대비하자."

크리스티나는 숲이 완전히 어두워지기 전에 숲속에서 야영하기로 결심했다. 해가 지기 전에 인가에 도착하기 어려울 때는 완전히 어두워지기 전에 야영 준비를 하는 것도 여행의 철칙이었다.

"네."
플로라가 피곤한 한숨을 내쉬듯 대답했다.
"어디서 자야 하나……. 나무, 밖에 없네."
주위를 둘러봤지만, 평평한 곳이 없었다. 돌멩이가 있어서 누워서 자기는 어려웠다. 그렇다면 나무에 기대어 자는 게 최선이라고 생각했다.
"언니, 하루토 님과 여행하면서 야영한 적 있나요?"
플로라가 물었다.
"아니. 여행하는 동안 아마카와 경이 적절하게 이동 루트와 시간을 관리해줘서 야영한 날은 없었어."
당시에도 감탄했는데 이런 상황에 돌이켜보니 그것이 정말 얼마나 대단한 일인지 새삼 알게 됐다.
그때, 플로라의 배가 귀여운 소리를 내며 배고프다고 호소했다. 뒤늦게 크리스티나의 배에서도 꼬르륵 소리가 났다.
"밥 먹을까?"
두 사람은 키득키득 웃으며 저녁을 먹기로 했다.

밤.
고요히 어둠에 물든 숲속에서.
크리스티나와 플로라는 큰 나무 아래에 앉아 오두막에서 가져온 모포를 두르고 모닥불 앞에서 몸을 기댔다.

야행성 동물도 있는지 숲 멀리서 들리는 울음소리가 기분 나빠 플로라가 몸을 움찔거렸다. 처음에는 무서워서 잘 수가 없었지만, 쌓인 피로가 이겼는지 지금은 크리스티나의 어깨에 머리를 기대고 꾸벅꾸벅했다.

"플로라, 피곤하지? 이제 자."

크리스티나가 졸려 보이는 동생을 보다 못해 말했다.

"……하지만 언니는?"

플로라가 흐리멍덩한 눈으로 언니를 걱정했다. 플로라가 못 자겠다고 해서 계속 같이 깨어있었다.

"네가 자면 나도 잘게. 이제 잘 수 있지?"

"네. 고맙습니다."

"잘 자."

"네, 안녕히 주무세요……."

한계에 달했는지 플로라는 기절하듯 잠들었다. 크리스티나는 홀로 깨어있었다.

'설마 이런 숲속에서 야영하다니. 왕립학원에서 야영 지식을 조금 배우긴 했지만…….'

그것은 어디까지나 왕후 귀족용 내용이었다. 사람을 움직이는 방법이나 어떤 곳이 군사행동 중인 대인원 야영에 적합한지, 그런 것이었다.

군사행동을 배우는 일환으로 학원 야외훈련에 참가한 적이 있지만, 인원, 시험장, 장비가 전부 갖춰진 형식적인 훈련에 지나지 않았다.

6학년 때는 매우 이례적인 사태가 벌어지긴 했지만…….

크리스티나는 열두 살에 참가한 야외훈련 사건을 떠올렸다. 규정 루트를 벗어난 결과, 사전에 처리됐어야 할 마물들에게 공격당했고 심지어 미노타우로스까지 습격해 자칫하면 괴멸될 뻔했던 사건을.

'아마카와 경이, 그때 그 소년이라면…….'

크리스티나의 머릿속에 두 명이 떠올랐다. 한 명은 리오라는 이름의 고아 출신 소년. 한 명은 하루토 아마카와라는 명예기사. 다른 사람으로 존재하는 그 두 사람이 사실은 한 인물인 것 같다는 확신에 가까운 생각이 지워도 지워도 자꾸만 떠올랐다.

만약…… 만약 지금 이곳에 하루토 아마카와라는 소년이 있다면 이 상황도 위기로 느껴지지 않을 것이라고, 크리스티나는 안 되는 줄 알면서도 그런 생각을 했다.

자신이 대단한 사람이 아니란 걸 잘 알아서. 지금은 마법도 못 써서. 그런 자신이 플로라를 지킬 수 있을지 무서울 정도로 불안이 몰려와서. 그것이 얼마나 제멋대로에 자기밖에 모르는 약해빠진 바람인지 알지만…….

'왜 이 상황에 그의 도움을 기대하는 걸까, 나는…….'

그에게 자신이라는 인간은 생판 남보다 못할 텐데. 하루토 아마카와라는 소년의 상냥함은 세리아를 향한 것이었다. 자신은 그 떡고물을 받아먹었을 뿐이었다. 크리스티나는 짙은 죄책감을 보이며 자조했다.

'이 아이가 로다니아로 돌아갈 수 있게 내가 힘을 내야 해…….'

크리스티나는 옆에 앉아서 자는 플로라의 머리를 살며시 쓰다듬었다. 그러자 긴장이 풀렸는지 갑자기 강한 수마가 몰려왔다.

동생을 위해서라도 정신 똑바로 차려야 한다는 생각에 계속 긴장하고 있었지만 사실 누구보다 피곤한 사람은 크리스티나였다.

그래서 잠기운에 저항하지 않고 크리스티나도 곧 깊은 잠에 빠졌다.

다음 날 아침.

나뭇잎 사이로 빛이 들어 어렴풋이 숲속이 밝아오기 시작했을 무렵. 크리스티나와 플로라는 자기 불편한 환경에도 한 번도 깨지 않고 숙면하고 있었다.

그러나 모포를 두르고 몸을 붙여도 숲의 밤과 아침은 추웠다. 수면의 질은 몰라도 시간은 충분히 확보해서 그런지 둘 다 서늘함에 서서히 잠이 깨기 시작했다.

눈을 몇 번 뜨기도 했다. 하지만 숲과 옆자리에 피곤한 듯 눈을 감은 자매를 확인하고는 걷느라 지친 몸의 피로가 빠져나가지 않아서 그런지 도로 눈을 감고 다시 잠을 청했다.

따뜻한 모포에 몸을 맡기고 좀 더 쉬고 싶었다. 욕구에 저항할 수 없었다. 하지만 일단 깬지라 지금은 작은 자극에도 바로 일어날, 소위 반각성 상태였다.

"으음……."

뭔가 목에서 사부작대는 느낌에 플로라가 먼저 깼다.

'뭐지……?'

플로라는 목덜미로 손을 뻗었다.

"아얏?!"

목덜이가 따끔하는 느낌에 몸을 움찔했다.

"뭐, 뭐야?! 무슨 일이야?"

플로라가 갑자기 비명을 지르자 크리스티나가 놀라서 일어났다.

"모, 목이 아파서……."

플로라가 통증을 느낀 곳에 있는 무언가를 황급히 손으로 털었다. 작은 무언가가 날아가는 게 보였다.

그 무언가를 눈으로 좇자 그곳에는 거미 한 마리가…….

"히익?!"

플로라는 곧바로 상황을 파악하고 파랗게 질려갔다.

"싫어! 싫어! 싫어! 싫어엇!"

거미에 물렸다. 몸에 다른 벌레가 붙어있을까 봐 플로라는 황급히 일어나 온몸을 털기 시작했다.

"지, 진정해. 괜찮아, 언니가 봐줄게."

"네, 네."

크리스티나가 자기도 일어나 플로라의 드레스를 털며 벌레가 붙어있지는 않나 꼼꼼히 확인했다. 드레스 안쪽도 손으로 만질 수 있는 부분은 더듬어서 확인했다. 일단 접촉한 벌레는 조금 전의 거미 한 마리뿐이라고 판명했다.

"괜찮아. 다른 벌레는 없어."

크리스티나가 가슴을 쓸어내리고 말했다.

"다, 다행이다……. 놀라는 바람에 큰 소리 내서 죄송해요."

플로라는 소란을 일으킨 것을 사과했다.

"괜찮아. 자다가 거미에 물리면 나도 놀랐을 거야."

크리스티나가 키득 웃으며 넘겼다.

"언니 드레스에도 벌레가 있는지 확인해볼게요."

플로라가 크리스티나의 드레스를 손으로 더듬어 이상한 게 붙었지는 않은지 확인하려고 했다.

"그 전에 물린 곳에 해독마법을 써. 혹시 독거미일지도 모르니까."

크리스티나가 바닥을 기어 도망가는 거미를 내려다보며 말했다.

"네, 네! ≪디톡시파이≫."

독거미일 수도 있다는 생각은 못했는지 플로라가 황급히 목덜미로 손을 뻗어 해독했다.

'디톡시파이로는 해독할 수 없는 독도 있다고 들었는데…….'

크리스티나는 그 모습을 보며 작은 불안을 느꼈다.

일반적으로 디톡시파이는 이름처럼 해독할 때 사용하는

마법인데 크리스티나의 생각처럼 해독할 수 없는 독도 있었다.

디톡시파이는 인체에 유독한 물질을 분해해 무해하게 만드는 효과만 있고 세균이나 바이러스, 곰팡이에는 전혀 효과가 없었다. 의료기술이 발전하지 않은 이 세계의 인간은 세균과 바이러스도 독의 일종이라고 생각해서 디톡시파이로 해독할 수 없는 독이 있다는 정도로만 해명할 수 있었다.

하지만 크리스티나는 플로라를 괜히 불안하게 할까 봐 굳이 말하지 않았다. 마법으로 해독했거나, 독거미가 아니었기를 바라는 수밖에 없었다.

"물린 곳 좀 봐봐……. 피는 안 났네. 하지만 치유마법도 걸어둬."

크리스티나는 마법을 발동하는 플로라의 손 사이로 환부를 확인했다.

"네."

플로라는 지시받은 대로 치유마법도 썼고 크리스티나는 어제와 똑같은 메뉴로 아침을 준비했다.

두 사람은 아침을 먹고 몸을 데운 뒤 숲을 벗어나기 위해 출발했다.

【 제 2 장 】 ❈ 로다니아에서, 레이스의 속셈

한편, 크리스티나와 플로라가 파라디아 왕국의 숲으로 전이되고 몇 시간이 지났을 무렵.

레스토라시온의 본거지인 로던 후작령 영도 로다니아. 세리아는 영빈관에 있는 레스토라시온 중앙집무실에 들렀다.

평소 같으면 레스토라시온 소속 간부 귀족과 비서들이 업무에 시달릴 시간인데 문을 두드려도 사람이 나올 기미가 없었다.

"……실례합니다."

세리아는 조심스럽게 문을 열어봤다.

안은 썰렁했다.

'이상하네……. 크리스티나 님과 플로라 님이 돌아오셔서 마중 나갔나?'

세리아가 중앙집무실을 들른 것은 오늘이 크리스티나와 플로라가 가르아크 왕국에서 로다니아로 귀환하는 예정일이기 때문이었다.

세리아는 이상해하며 고개를 갸웃거렸지만, 두 사람이 이미 돌아왔다면 아무도 없어도 이상한 일은 아니었다.

그때 갑자기 아이시아가 실체화해 세리아 옆에 나타났다.

"잠깐, 아이시아. 위, 위험해. 아무리 아무도 없다지만, 이런 곳에서 실체화하면……."

세리아가 황급히 주의시켰다. 집무실을 오래 비우지 않을 테니 언제 누가 와도 이상하지 않았다.

"……물러나. 수상한 기척이 나."

아이시아가 방 한쪽을 응시하며 세리아에게 말했다.

"어……?"

세리아의 시선이 따라서 움직였다.

몇 미터 앞. 그곳에는…….

"역시 이만큼 접근하면 알아채는군요. 그리고 역시나 거기 있는 세리아 크렐의 호위로 영체화한 당신이 붙어있고……. 혹시 몰라 기대했는데 **그 남자에게 보기 좋게 한 방 먹었군요**. 참…… 난처하네요."

프로키시아 제국 대사인 레이스가 가만히 서 있었다. 언제부터 있었을까. 마치 연기처럼 모습을 드러냈다.

"어떻게 아이시아의 영체화를……."

세리아가 놀란 표정으로 중얼거렸다.

"어떻게 했을까요?"

레이스가 그 말을 들었는지 웃으며 시치미를 뗐다.

"목적이 뭐야?"

아이시아가 레이스를 빤히 쳐다보며 대놓고 물었다.

"대답할 것 같냐고 말하고 싶지만, 여기서 당신과 대립하고 싶지 않고 목숨 아까운 줄 모르지도 않습니다. 레스토라시온의 어느 분에게 볼 일이 있었어요. 공교롭게도 타이밍이 몹시 안 좋았지만……. 이곳에 있던 분들은 항구로

간 모양입니다."

레이스가 어깨를 으쓱하며 화제를 돌리듯 창 밖으로 시선을 던졌다.

"볼 일? 누구를 노리지?"

담담하게 묻는 아이시아의 시선이 평소보다 날카로웠다.

"아무리 그래도 그건 못 가르쳐드리겠네요."

"세리아가 목적이라면……."

아이시아가 세리아를 보호하며 앞에 섰다. 안 그래도 레이스는 크레이아에서 로다니아로 가는 길에 적대하며 해를 끼치려고 한 인물이었다. 세리아를 노리고 나타난 거라면 더욱 봐줄 이유가 없었다.

"미리 말해두겠습니다만, 크레이아에서 로다니아로 가는 길에 당신의 계약자와 대립한 이유는 어디까지나 크리스티나 왕녀 때문입니다. 뭐, 계획이 막혀서 왕녀가 로다니아에 도착하긴 했지만……. 그쪽이 방해하지 않는다면 나서서 대립하고 싶지 않습니다."

레이스는 적대 의사가 없다는 듯이 양손을 들며 변명했다.

"왜 크리스티나 님과 플로라 님을 노리는 거야?"

세리아가 마른침을 삼키며 물었다.

"그것도 대답 못하겠네요."

"……당신이 이곳에 있다는 뜻은, 레스토라시온 간부 중에 스파이가 있다는 건가?"

"글쎄요."

세리아가 목적을 알아내려고 했지만, 레이스는 능구렁이처럼 빠져나갔다.

"그 남자에게 한 방 먹었다고 했지."

세리아는 레이스가 한 말을 끄집어내 떠보려고 했다.

"……잡담은 이쯤 하죠. 지금 이 상황은 저도 예상하지 못한지라 보내주신다면 바로 떠나겠습니다."

레이스는 대화를 끊고 떠나겠다는 뜻을 내비쳤다.

"네 말은 못 믿어. 그러니까 도망 못 가."

아이시아가 확고하게 말했다.

"어라, 저와 싸울 생각입니까? 이렇게 한정된 공간에서? 얌전히 후퇴할 수 있다면 모를까 싸우면 저도 저항할 거라고요?"

싸우면 집무실이 엉망이 되는 것은 불 보듯 뻔하다고 레이스가 넌지시 주장했다.

"아무리 당신이라도 저를 쉽게 제압하지는 못할 겁니다. 심지어 당신은 거기 있는 세리아 크렐을 지키며 싸워야 하죠."

레이스가 세리아를 보았다.

"나, 나도 싸울 수 있어. 우리 심장부에 뻔뻔하게 숨어들어온 자를 가만히 놓아줄 것 같아? 크리스티나 님과 플로라 님에게 한 짓을 제외해도 당신은 하루토의 원수와 관련 있고."

세리아가 긴장한 표정을 지으면서도 겁 먹지 않고 반박했다.

"숨어들지 않았습니다. 이렇게 발각됐잖아요. 의외로 외교사절로 초대받아 당당하게 왔을지도 모르죠?"

레이스는 시치미 떼듯 미소 지으며 집무실 발코니로 접근했다.

"저택을 떠나고 싶으면 발코니가 아니라 현관으로 당당하게 나가."

아이시아가 천장을 향해 오른손을 들었다. 마력을 모아 전투태세에 들어갔던 그녀는 순간적으로 한층 더 마력을 모았다.

그러자 시각적으로 이렇다 할 현상은 일어나지 않았지만, 살짝 귀에 거슬리는 초음파가 들렸다.

"……오드와 마나의 강력한 공명?"

세리아는 마법을 다루는 마도사라서 정령술을 못 쓰지만, 바위 집에 지내며 리오와 사라 일행에게 특별 훈련을 받은 덕분에 오드의 빛을 보고 마나를 감지할 수 있었다.

아이시아가 무엇을 했는지 정확하게 이해했다. 로다니아 일대에 오드와 마나의 강력한 공명을 일으켜 그것을 감지할 수 있는 사람에게만 효과가 있는 신호를 보냈다는 것을……. 곧 사라 일행이 무슨 일이 생겼다고 알아챌 것이었다.

"그렇게 나왔군요……. 그럼 저는 이만."

레이스는 근처에 동료가 있다는 것을 즉시 알아차렸다. 만약 아이시아가 동료와 합류해 추적에 전념하면 낭패였다. 레이스는 귀찮은 한숨을 내쉬고 크게 도약해 발코니로 뛰어들었다. 그리고 정령술로 비행하기 시작했다.

그와 동시에 아이시아가 세리아를 안아 들었다.

"저 남자를 쫓자. 꽉 잡아."

"……어?"

세리아는 갑자기 품에 안기자 얼빠진 소리를 냈다. 직후, 아이시아가 속도를 올려 발코니에서 밖으로 뛰어들었다.

"자, 잠깐! 잠깐만?!"

세리아가 비명을 질렀다.

"가속 중에는 입 안 여는 게 나아. 혀 깨물어."

아이시아가 침착하게 조언했다. 정령술로 비행할 때는 주위에 바람의 결계를 쳐서 고속이동으로 발생하는 공기 저항의 영향을 받지 않았다.

그래서 이동 중에도 대화할 수 있지만, 빠르게 날수록 가속 반동이 커졌다. 아이시아는 그 반동도 정령술로 제어하는데 품에 안은 세리아 몫까지 해야 해서 그만큼 부담이 됐다.

"지, 진짜, 놀라게 하지 마. 긴급사태라서 어쩔 수 없지만. 어떻게 할 거야?"

급가속으로 발생한 반동이 진정되자 세리아가 귀엽게 입을 내밀었다. 하지만 곧 분위기를 바꾸고 레이스 추적에 집중했다.

앞에는 날아서 도주하는 레이스가 보이고 아래를 보니

로다니아의 도시가 펼쳐졌다.

“레이스를 바위 집 방향으로 유도할 거야. 내가 좌우로 공격하면 세리아는 레이스의 머리 위를 가로막듯이 공격 마법으로 견제해. 봐주지 마. 중급 공격 마법을 써도 돼.”

“아, 알았어. 해볼게.”

아이시아가 지시하자 세리아가 마른침을 삼키며 고개를 끄덕였다.

“시작한다.”

아이시아의 양옆에 지름 1미터의 빛의 구가 무수히 나타나더니 전방에 있는 레이스를 향해 좌우로 힘차게 호를 그리며 날아갔다.

“역시 인간형 정령. 조종이 능숙하군요.”

레이스가 힐끗 돌아보고 변칙적인 궤도를 그리며 날아오는 빛의 구를 피했다.

“네 실력에는 못 미치지만, 애들이 도우러 올 때까지 마력 소비는 무시할게! ≪퀸텟 매지션 · 매직 캐논≫.”

크레이아에서 로다니아로 갈 때처럼 걸림돌이 될 수는 없었다. 세리아는 오직 그 생각으로 의식을 집중하고 주문을 외웠다.

아이시아에게 안긴 세리아 주위에 일곱 개의 마법진이 떠올랐다. 세리아는 3초 만에 조준을 마치고 레이스의 머리 위를 노려 첫 공격을 퍼부었다.

‘어이쿠! 중급 공격 마법 일곱 개를 동시에 기동하다니.

술식 전개 속도도 빠르군요. 과소평가한 건 아니지만, 천재 마도사라 불릴만합니다. 일대일로 싸우면 모를까 이 정도 되는 마도사가 지원하니 참, 성가시네요…….'

레이스는 살짝 고도를 낮춰 세리아가 쏜 빛의 포격을 피했지만, 잠깐의 틈새도 없이 다음 포격이 날아왔다. 기동한 술식 숫자만큼 잔탄이 있어 일격을 피하면 다음 공격이 날아왔다. 게다가 세리아의 공격만 경계해야 하는 게 아니었다.

고도를 높이려고 하면 세리아의 공격 마법이 날아오고 좌우에서는 신출귀몰한 아이시아의 정령술이 날아왔다.

'위와 좌우가 완전히 막혔군요. 생각처럼 속도를 올릴 수가 없어요. 로다니아 상공은 이미 벗어났고, 아예 숲으로 숨어볼까요?'

레이스는 아래에 펼쳐진 숲으로 시선을 떨군 순간.

"윽……!"

얼음탄과 화염탄, 광탄, 지상에서도 수많은 공격이 날아왔다. 그리고 숲속에서 오피아가 날아왔다.

'이건……. 참 운도 없군요. 아니, 유도됐다고 봐야겠죠.'

상황이 위험해지자 레이스의 표정이 근심에 잠겼다. 그러자 아이시아가 급히 낙하해 오피아에게 접근했다.

"아이시아 님!"

"오피아, 세리아를 부탁해. 다 같이 집을 방어해."

아이시아는 오피아를 향해 세리아를 휙 던졌다.

"어? 어어어?!"

갑자기 붕 뜨는 느낌에 세리아가 놀라 비명을 질렀다. 그러나 지금은 한 시가 바쁜 상황이었다. 레이스는 이때란 듯이 속도를 올려 도망쳤다.

오피아가 황급히 세리아를 받았다.

"다녀올게."

아이시아는 다시 급상승해 레이스를 쫓아 그 자리를 떠났다.

'포기할 것 같지 않군요. 오늘은 참 운수도 사납지.'

레이스는 보기 드문 힘겨운 표정을 지었다. 대체 어쩌다 이렇게 됐는지 지금까지 있었던 일을 돌아보며…….

◇◇◇

시간은 리오가 프로키시아 제국으로 떠나기 조금 전으로 거슬러 올라간다.

루시우스가 프로키시아 제국 성의 고층 발코니에 있는 황제 니들과 대사 레이스에게 들이닥친 뒤의 일이었다.

"그놈은 내 사냥감이다."

리오를 향한 증오를 드러낸 루시우스가 떠나자 발코니에는 니들과 레이스만 남았다.

"그럼 하루토 아마카와…… 검은 기사, 리오라고도 불리는 소년을 죽이는 게 목표인 앞으로의 계획을 설명하도록

할까요?"

레이스는 싱글싱글 웃으며 이야기를 꺼냈다.

"죽일 수 있나? 그 애송이는 초월자급이라며?"

니들이 솔직하게 물었다.

"초월자 이야기를 꺼낸 건 루시우스를 견제하려는 의도도 있었습니다. 효과는 전혀 없었지만요."

레이스는 귀찮은 듯 어깨를 으쓱하고 설명을 덧붙였다.

"하지만 검은 기사라 불리는 그의 전투력이 신마전쟁기 대영웅급에 그치지 않는 건 확실합니다. 각성한 용사 수준의 광범위 공격을 쓸 수 있는지는 모르지만, 단신 전투력을 보면 위협도는 각성한 용사와 동등하거나 비슷하다고 봐도 될 겁니다. 심지어 그는 인간형 정령과도 계약했으니까요. 그들이 힘을 합쳤을 때의 위협도는……."

"각성한 용사 수준인가."

니들은 씩 웃었다.

"기쁘신가 보네요. 저는 하나도 안 기쁜데요."

레이스는 울적한 한숨을 내쉬었다.

'둘이 힘을 합쳐도 초월자 수준은 안 되겠지만, 각성한 용사와 동등하다는 말은 족쇄를 푼 우리와도 동등하다는 게 되니까요.'

레이스는 그렇다면 몹시 성가시다고 생각했다.

"그러니 계약한 정령과 그 녀석을 갈라놓고 각개격파하자는 말인가. 전투의 기본이군."

니들이 레이스의 계획 내용을 얼추 맞췄다.

“네. 그는 프로키시아 제국의 대사인 저와 루시우스 사이에 뭔가 있다고 확신에 이르렀을 겁니다. 그가 진심으로 루시우스를 원망한다면 지금 이 나라를 간과하지 않을 겁니다. 조만간 이 나라에, 그리고 이 성에 올 테니 잘 이용해보죠.”

“거기서 짐에게 검은 기사에게 전언을 부탁하고 싶단 게로군.”

“이해가 빨라서 좋군요. 다만, 언제 올지 모를 그와 루시우스가 여기서 맞닥뜨리고 정면충돌해 우리까지 휘말리는 사태만은 피해야 합니다.”

레이스가 만족스럽게 고개를 끄덕이고 말을 이었다.

“그건 그거대로 재미있어 보인다만.”

“저는 재미없습니다. 그러니 결전지를 따로 준비하고 루시우스를 당분간 성에서 멀리 떨어뜨려놓아야 합니다. 그 역할은 제가 맡겠습니다.”

“그러면 짐의 역할은 검은 기사를 유도하는 것뿐인가.”

“네. 현재 그의 목표는 어디까지나 루시우스일 테니 일부러 적을 늘릴지 않을 겁니다. 그 점을 이용해서 루시우스를 쫓게 해주세요.”

“그렇게 잘 풀리려고?”

“그건 당신의 수완에 달렸지만, 운도 필요하죠. 그가 프로키시아 제국 성에 관심을 가지지 않고 방문하지 않으면 계획 자체가 성립하지 않으니까요."

"그렇군."

"그럴 때는 다른 방법으로 유도하면 됩니다. 제가 준비한 결전지로. 하지만 그는 성에 올 겁니다. 그리고 아무리 그자라 하여도 성 결계를 탐지되지 않고 돌파할 수는 없을 테니 침입하면 당신 차례입니다."

"당연히 침입자로 대접해줘도 되겠지?"

니들이 살짝 흥분하며 물었다.

"결전지로 유도해주기만 한다면 맡기겠습니다. 다만, 우리와 루시우스는 어디까지나 고용주와 용병이라는 것, 루시우스의 목적지가 파라디아 왕국이라고 넌지시 알려주는 거 절대 잊지 마세요. 그게 당신에게 부탁하는 전언 내용입니다."

"결전지는 파라디아인가. 짐이 그곳에 가지 못해 아쉽지만…… 먼저 싸울 수 있다면 그걸로됐다. 강자와 오랜만에 대치하는군. 가슴이 설레."

성에서 리오와 대치하는 장면을 상상했는지 니들이 밝게 말했다.

"……적당히 해주세요. 만약 성에 온다면 정보를 얻는 게 목적이라 그도 살인을 전제로 싸우지 않겠지만, 너무 흥분해서 전투가 거칠어지면 혹시 모르니까요."

레이스가 눈을 가늘게 뜨고 니들에게 못을 박았다.

"설마 질까 봐 걱정하는 소리를 듣다니. 그것도 네게."

"전력으로 싸우면 아무리 당신이라도 지금 상태로는 불리하니까요. 당신 안에 있는 그는 불평하겠지만, 장난도 정도껏 치세요."

"그래."

"부탁드립니다. 저는 그동안 루시우스를 데리고 돌아다니면서 이길 방법을 생각해보겠습니다."

"무엇을 할 생각이지?"

관심이 생겼는지 니들이 물었다.

"일단 우리 뜻대로 움직일 용사를 한 명쯤은 아군으로 끌어들이고 싶네요. 최악의 상황에는 각성을 촉구해서 검은 기사와 싸우게 할 수도 있으니."

"흠. 용사 말이 나와서 말인데 교단에서 움직였다는 보고가 있었다."

"종말의 교단의 성녀요? 그쪽은 검은 기사가 정리될 때까지 내버려둬도 괜찮을 겁니다. 위협도를 따지면 그가 훨씬 위니까요."

"그럼 어느 용사를 끌어들이려고?"

"국가나 조직에 속하지 않고 모험가로 은밀하게 활동하는 용사가 한 명 있습니다. 루비아 왕국의 왕녀 주변에서 이것저것 들쑤시는 것 같아 이참에 꼬드겨볼까 합니다. 제 생각대로 진행되면 루시우스의 기분 전환에 도움이 되겠죠."

"과보호다."

"……지금은 루시우스보다 나은 후보가 없으니까요. 절

대 잃고 싶지 않아요. 그래서 비위 맞추느라 고생하는 겁니다."

레이스가 고개를 가로저었다.

"알고도 남겠군. 그래서 검은 기사를 이기기 위한 계획이 뭐냐?"

니들은 웃으며 동의하고 레이스가 꾸미는 계획의 핵심을 짚었다.

"간단합니다. 인질을 잡으면 돼요. 리오라는 소년은 강하지만, 인질이 효과 있어 보였습니다. 그가 거점을 비운 동안 그의 소중한 사람을 인질로 잡자는 거죠. 실패하면 그를 완전히 적으로 만들겠지만요……. 하지만 뭐, 우리 쪽에서 봐도 루시우스가 좋아할만한 수법이니 쉽게 협력할 겁니다."

난적을 쓰러뜨리려면 약점을 찌르는 게 전투의 기본이라고 레이스가 냉소하며 말했다.

"그렇군."

니들은 의미심장하게 맞장구쳤다.

"뭐 걸리는 거라도 있습니까?"

"넌 교활한 남자다. 인간을 움직이는 데도 능하지. 하지만 네가 그런 남자라서 망각하는 것이 있을지도 모른다."

"그 말씀은?"

"루시우스도 교활한 짐승이라는 거다. 그래서 본능이 이끄는 대로 타인을 제물로 삼지. 누군가에게 길들여질 그릇이 아니야."

"알고 있습니다만."

"네가 어떻게 이길 방법을 만들지는 몰라도 아무리 검은 기사의 소재를 알기 위해 네게 협력하고는 있다지만, 중요한 부분을 숨겨놓고 루시우스가 순순히 협력할 거라 생각하지 마라."

니들이 우려를 표했다.

"뭐, 사랑하는 소년이 이 성에 올지도 모른다는 것 이외의 정보는 때를 봐서 다 말할 생각이에요. 기억해두겠습니다."

레이스가 어깨를 으쓱하며 말했다.

"그래. 난 충고했다."

"네. 그럼 이만 실례하겠습니다."

레이스는 필요한 대화를 마치고 니들에게 등을 보이며 걸어나갔다.

"글쎄, 어떻게 될까."

니들의 속삭임이 시원하게 튀어나왔다.

【 막간 】 ❈ 다섯 번째 용사

몇 개월 전.

슈트랄 지방에 사츠키와 루이, 히로아키와 타카히사가 소환됐을 무렵. 가르아크 왕국과 프로키시아 제국 사이에 있는 소국가 중 한 나라, 비르키스 왕국이라 불리는 소국의 동쪽에도 아무도 모르게 용사가 소환됐다.

용사의 이름은 키쿠치 렌지. 일본에 사는 남고생이었다. 신장은 160센티미터로 남고생 평균보다 작고 외모는 성깔 있어 보이지만, 앳됐다.

"……여긴 어디지? 나는…… 구덩이 속에 서 있는 건가?"

렌지는 눈을 동그랗게 뜨고 멍청히 중얼거렸다. 학교에서 돌아와 교복을 입은 채 집 근처 편의점으로 가던 중이었는데 정신 차리고 보니 낯선 풍경이 펼쳐졌다.

렌지가 있는 곳은 바닥이 둥근 구덩이처럼 움푹 파였고 렌지는 그 가운데에 서 있었다. 놀라는 게 당연했다.

인공물은 흔적도 없었다. 이 구덩이를 만든 어떤 충격으로 다 날아갔는지 360도 어디를 봐도 구덩이 밖을 향해 지면만 펼쳐져 있었다. 몇백 미터 앞에서 구덩이가 끝나는 것 같은데 렌지가 서 있는 곳에서는 구덩이 밖이 어떤지 보이지 않았다.

"……조금 춥네. 오늘 따뜻했던 것 같은데……. 여기 일본인가?"

블레이저 교복을 입은 렌지는 몸을 부르르 떨고 다시 주변을 둘러보았다. 주위가 밝은 걸 보니 시간이 많이 지난 것 같지는 않은데 장소가 크게 달라졌다.

'무슨 이세계물 소설 같아.'

문득 요즘 일본인이 이세계로 전이해 활약하는 소설만 읽어서 그런지 혹시 어쩌면 하는 생각이 머리를 스쳤다.

"에이, 말도 안 되지."

렌지가 읽은 소설은 어디까지나 시간 떼우기용 오락. 가공된 세계의 이야기였다. 그런 일이 현실에서 일어날 리 없었다.

"그런데……."

비현실적인 일이 일어났다. 이세계로 전이했다고 생각하지 않으면 설명되지 않는 상황이었다. 렌지는 일대를 둘러보고 꿀꺽 침을 삼켰다.

'구덩이 밖이 어떤지 확인해보자.'

렌지는 결심하고 구덩이 밖을 향해 적당한 방향을 골라 걸었다. 가장 깊은 중앙에서 밖으로 갈수록 비스듬히 얕아져서 탈출은 쉬웠다. 도착한 곳에는 나무가 가득한 숲이 펼쳐졌다.

"숲인가……."

렌지는 현실도피라도 하듯 눈을 감고 자기 머리를 톡톡 두드렸다. 눈을 뜨고 다시 일대를 둘러봤다. 구덩이 밖은 어디를 봐도 나무 뿐이었다.

"아, 참, 스마트폰을……. 안 터지네."

렌지는 급히 교복 주머니에 있던 스마트폰을 꺼냈다. 말도 안 되는 사태에 동요해 제일 먼저 확인했어야 하는 도구를 잊고 있었다.

그러나 통화권 이탈이었다. 이러면 만약 이곳이 일본이더라도 어플리케이션으로 이곳이 어디인지 알아낼 수가 없었다.

"……일단 구덩이 밖으로 나가보자."

어쩌면 구덩이가 숲 가장자리에 있어서 숲의 끝이 보일지도 몰랐다. 한 바퀴 돌아보자.

렌지는 결심하고 크게 숨을 내쉰 뒤 걸음을 뗐다.

수십 분 후.

"틀렸어."

렌지는 탈출의 실마리를 잡지 못하고 깊은 한숨을 내쉬었다. 구덩이 가장자리 어디를 가도 숲의 끝은 보이지 않았다.

"숲속으로 들어가는 수밖에 없나? 없, 겠지…… 어?"

렌지는 한 나무에 등을 기대고 일대를 둘러보며 혼잣말을 했다. 그때, 구덩이를 끼고 렌지의 맞은편 숲속에서 사람들이 나타났다. 인원은 여덟 명.

"저건……!"

렌지는 반대편에 나타난 사람들을 발견하고 자기도 모르게 달려갈 뻔했다. 그러나 경계심이 솟구쳐 가지 않았다.

'……저놈들, 아무리 봐도 일본인은 아니야. 판타지 세계 사람처럼 입었잖아. 검을 든 놈도 있어.'

렌지는 황급히 몸을 기댄 나무 뒤로 숨어 숲속에서 나타난 일행을 관찰했다.

전부 남자. 나이는 20대부터 40대로 보였다. 가래처럼 생긴 도구를 든 사람도 있었다. 농기구라면 무기 대신 든 것일까?

갑옷과 방패, 투구 같은 방어구는 착용하지 않았고 저마다 다른 옷을 입었다. 렌지가 입은 학교 교복과 비교하면 허접해보였다.

'병사 같지는 않은데…… 마을 사람인가?'

렌지는 그렇게 짐작했다.

'구덩이를 가리키며 뭐라고 하고 있어.'

마을 사람으로 보이는 사람들이 흥분한 듯했다. 대화 내용은 안 들렸지만, 화내는 것 같지는 않았다. 놀랐나?

'……왠지 평소보다 잘 보이는 것 같은데. 이렇게 떨어져 있는데 얼굴이 선명하게 보여…….'

렌지는 문득 그런 생각이 들었다. 렌지의 시력은 안경은 안 쓰지만, 1.0보다 낮았다. 이렇게 멀리 있는 게 또렷하게 보였던가, 이상했다.

'이쪽으로 오나?'

남자들이 구덩이 가장자리를 따라 걷기 시작했다.

'나가봤자 말이 안 통할 거야. 무기 든 놈들 앞에 맨손으로 나서기도 싫어. 좀 더 상황을 지켜보자.'

렌지는 숲속으로 좀 더 깊이 후퇴하기로 했다. 마을 사람들은 구덩이에 의식이 쏠렸지만, 무언가를 경계하는 것처럼 보였다.

'늑대나 위험한 짐승이 있을지도 모르겠어. 아니, 여기가 판타지 세계라면 마물 같은 것도 있으려나?'

그런 생각이 들자 렌지는 조심스럽게 뒤에 있는 숲을 보았다. 그곳에는 나무만 울창했지만, 위험한 생물이 있을지도 모른다고 생각하니 섬뜩했다.

하지만 이 자리를 떠날 수도 없었다. 렌지는 나무 사이에 몸을 숨긴 채, 마을 사람들이 접근하기를 기다렸다.

그렇게 십여 분이 흐르고 드디어 마을 사람들이 렌지가 숨은 나무까지 다가왔다. 렌지는 들키지 않게 숲속으로 좀 더 후퇴해 침묵하며 귀를 기울였다.

"촌장님, 영주님이 설명을 요구하면 뭐라고 설명하죠? 이거."

"몰라. 호수의 물이 전부 사라졌다고 있는 사실을 그대로 보고하는 수밖에."

나무가 방해하고 10미터는 떨어져 있는데 마을 사람들

의 대화가 이해할 수 있을 만큼 잘 들렸다.

'저 구덩이가 호수였나……. 아, 잠깐만. 말이 이해가 되잖아?! 일본어로 말하는 건가?!'

대화 내용을 이해한 렌지가 놀라서 숨을 삼켰다.

"한 바퀴 돌아보고 아무것도 없으면 돌아가자. 곧 해가 진다. 서둘러."

촌장이 마을 사람들을 재촉했다. 그들은 렌지를 알아차리지 못하고 빠른 걸음으로 사라졌다. 렌지는 멀어져가는 마을 사람들을 놓치지 않게 조금 전진했다.

'일본어가 통하다니 이세계물 클리셰이긴 하지만, 다행이다. 무장한 낯선 사람에게 접근하고 싶지 않지만, 말이 통하면 교섭할 가능성이 있어. 계속 여기 있는다고 해결되는 것도 없고. 교섭할지 말지를 떠나서 숲을 빠져나가려면 저들을 쫓아가는 게 가장 확실한 길이야.'

렌지는 이곳이 이세계라고 거의 확신하기에 이르렀다. 그는 숲을 벗어날 때까지 마을 사람들을 미행하기로 했다.

'잠깐 걸었는데 생각보다 빨리 숲을 나왔어.'

렌지는 숲 밖에 도착했다. 전방 1백 미터 앞에서 렌지가 미행한 마을 사람들이 저 앞에 있는 마을을 향해 걸었다. 적의 침입을 막기 위해서인지 제법 높은 담을 세워서 문으로만 들어갈 수 있었다.

'저 마을 주민들인가.'

마을에는 만듦새가 좋지 않은 나무집이 지어져있었고 숫자를 보니 인구는 수백 명인 듯했다. 해가 제법 기울어서 자려면 노숙하거나 저 마을에 의지해야 했다.

'건물을 보니 생활 수준은 뻔하지만, 숲에서 자는 것보다는 나을 거야. 어쩔 수 없지. 참는 수밖에.'

렌지는 마을로 가기로 결심했다.

'저놈들을 따라 마을로 들어가면 숲에서 온 줄 알 거야. 내가 있던 구덩이 일을 캐물으면 귀찮아져. 장소를 바꿔서 마을로 들어가자.'

그렇게 생각하고 우회하기로 했다. 마을 사람에게 들키지 않게 거리를 두고 마을 밖을 빙 돌아 숲 반대쪽으로 걸어갔다.

숲 반대쪽은 농경지였다. 마을로 가는 길이 농경지를 가로질렀다. 렌지는 그 길에 합류해 농경지에 접어들었다.

"……."

마을 사람으로 보이는 여자아이와 마주쳤다. 나이는 10대 중반 정도. 렌지와 동갑이거나 조금 어려 보였다. 여자아이는 낯선 렌지를 보고 몸이 굳었는지 멈춰 섰다.

"이 마을 사람이야?"

렌지는 성큼성큼 걸어가 거리를 좁혔다.

"그런데요. 저기, 귀족……이세요?"

여자아이가 경계 중인지 렌지의 안색을 살피며 물었다.

"아니, 귀족은 아닌데."

"그렇게 좋은 옷을 입었는데……?"

"흠. 네가 보기에는 좋은 옷으로 보여?"

렌지는 자기가 입은 고등학교 교복을 보며 물었다.

"그렇게 고운 옷은 귀족분들만 입을 수 있다고 생각하는데요."

여자아이가 자기가 입은 옷과 번갈아 보며 대답했다. 오래 입었는지, 일하느라 더러워졌는지 렌지의 눈에는 허름해 보였다.

"정말 네 옷은 허름하네. 그런데 난 정말 귀족이 아니야."

"아, 네, 그러시군요."

"그런데 넌 이런 데서 뭐해?"

약간 울컥한 표정을 지은 여자아이에게 렌지가 물었다.

"그건 내가 할 말……. 잠깐, 하아. 너 누구야?"

여자아이는 렌지가 귀족이 아니라는 말에 경계심이 풀렸는지 가볍게 한숨을 내쉬었다. 진정이 됐는지 존댓말도 멈추고 되물었다.

"난 나그네야."

"나그네……."

여자아이가 렌지를 수상쩍게 바라보았다.

"수상한 사람 아니야. 널 해칠 생각도 없어."

"흐음……. 우리 마을에는 무슨 일로? 앗, 설마 아까 그

빛기둥을 보고 온 거야?"

소녀는 아직 렌지가 수상했지만, 그가 방문한 이유가 짐작이 가는지 질문을 던졌다.

"빛기둥?"

렌지가 고개를 갸웃거렸다.

"금방 사라졌지만, 아까 엄청난 빛기둥이 하늘을 향해 솟구쳤잖아."

"……아, 그 빛. 맞아. 대충 이 방향인 것 같더라고. 갈 곳도 없어서 와봤어."

렌지는 기지를 발휘해 얼른 말을 맞췄다.

"역시. 그 기둥은 숲속에서 발생했어. 마을 사람들이 놀라서 난리였다니까. 몇 명이 숲속을 수색하러 갔는데 올 때가 됐어."

여자아이가 조금 흥분해서 설명했다.

'상황을 보면 내가 서 있던 구덩이가 빛이 발생한 지점인가? 그리고 그 빛기둥이 나를 이 세계로 소환했다든가.'

렌지는 그러냐며 맞장구치며 분석했다.

"궁금한 거 있으면 촌장님 댁까지 안내해줄까?"

여자아이가 친절하게 제안했다.

"……아니야. 관심은 있는데 다른 부탁이 있어."

"부탁?"

"갈 곳이 없어서. 이 마을에 묵으면 안 될까?"

"응……?"

"안 돼? 그러면 노숙해야 해."

"촌장님에게 물어봐야겠는데."

"그럼 물어봐 줘."

"뭐? 내가? 촌장님한테 데려다줄 테니까 직접 물어봐."

여자아이가 싫다는 표정을 지으며 말했다.

"알았어. 하는 수 없지."

렌지는 어깨를 으쓱하며 받아들였다.

'이상한 녀석. 머리카락 색도…… 이상하진 않지만, 흑발은 마을에서 본 적 없어. 얼굴은 조금 여자애 같다고 할까, 동안인가? 하지만 뻔뻔하고 건방져. 남자애들은 이렇다니까.'

여자아이는 자신의 소꿉친구를 떠올리며 렌지의 태도도 별반 다르지 않다는 생각을 하고 가벼운 한숨을 내쉬었다.

"갈까?"

렌지에게 권했다.

"응."

"그러고 보니 이름이 뭐야?"

"……렌지."

여자아이가 이름을 묻자 렌지는 잠깐 뜸을 들이고 대답했다. 일본 이름을 대면 수상하게 여길까 봐 대답이 늦게 나왔다. 하지만 렌지라는 이름은 해외에서도 쓰는 이름이라고 생각해서 당당하게 밝히기로 했다.

"내 이름은 레아야. 잘 부탁해."

이것이 렌지와 레아의 첫 만남이었다.

◇◇◇

그날 밤, 레아의 집.

"아, 왜 우리 집에서 재워주게 된 거야. 난 혼자 사는데. 다 큰 아가씨인데……."

레아는 주방에서 요리하며 입을 내밀고 툴툴거렸다.

"네가 허락했으니까 그렇지."

렌지가 겸연쩍게 말했다.

"진짜 왜 허락했지."

렌지는 레아의 안내를 받아 촌장을 찾아갔지만, 그는 숙박에 난색을 표했다. 하지만 이건 렌지 잘못이었다.

"너 정말 뭐 하는 사람이야?"

"……유랑민이라고 했잖아."

이렇게 나왔으니까.

"수상해……."

렌지는 자기 정체를 제대로 밝히려고 하지 않았다. 전이한 것을 숨기자니 말할 수 있는 게 없어서 어쩔 수 없었지만, 렌지는 촌장을 포함해 그 자리에 있던 마을 사람들에게 수상한 인상을 남기고 말았다.

귀족이 아닌데 어떻게 그렇게 좋은 옷을 입었나. 나그네인데 왜 검 한 자루도 장비하지 않았나. 왜 여행 장비도, 여비도 없나. 마지막으로 가까운 도시까지 데려다달라는 건 뭔가.

렌지는 뻔뻔하게 실제로 그러니까 어쩔 수 없다고 변명했지만, 인상이 안 좋은 정체 모를 사람을 마을에 머물게 하기는 어렵다는 촌장의 말을 들었다.

그때, 레아가 끼어들었다. 밤에 추운데 밖에서 재우는 건 불쌍하다는 말을 시작으로 이자는 예의가 없다는 둥, 그렇다고 밖에서 재우는 건 인간으로서 그렇지 않냐는 둥, 레아와 촌장이 말다툼을 벌였다.

결국, "그렇게까지 말한다면 네 집에서 돌봐줘라. 그건 허락해주겠다"는 말에 레아의 집에서 지내게 된 것이었다.

"뭐, 나는 덕분에 노숙하지 않아서 살았어……. 미안해."

렌지는 미안했는지 면목없어하며 사과했다.

"됐어. 나중에 행상인이 오면 내보낼 거니까."

레아가 못을 박았다. 렌지는 행상인이 오면 함께 마을을 떠난다는 조건으로 레아의 집에 머물기로 했다. 그 기간은 길어야 한 달.

"응. 알아. 숙박비 대신이라기엔 뭣하지만, 내가 할 수 있는 일이라면 도울게."

"당연하지."

레아는 흥 콧방귀를 뀌었다.

"갈아입을 옷 꺼내놨으니까 거기 있는 거 써."

렌지에게 등을 보이고 요리를 하며 퉁명스럽게 말했다.

"……부모님 돌아가셔서 혼자 살잖아. 누구 옷이야?"

렌지가 궁금해했다.
“죽은 오빠 거.”
레아가 아무렇지 않게 대답했다.
“……흐음. 그렇구나.”
당황한 렌지는 어떻게 반응해야 할지 몰라 가볍게 대답했다.
“…….”
레아도 아무 말 하지 않고 묵묵히 요리했다. 이렇게 렌지와 레아의 일시적인 동거가 시작됐다.

◇◇◇

그날 심야. 마을 사람들이 잠들었을 무렵.
“음…….”
렌지는 레아가 빌려준 침대에서 꿈을 꿨다. 그런데 정신은 깨어있었다.
‘여기는……?’
정신을 차려보니 새하얀 공간에 있었다. 공간이 끝없이 이어졌다.
──용사여.
갑자기 렌지의 머릿속에 생소한 남자 목소리가 들렸다.
‘누구야?!’
렌지는 놀라서 주위를 둘러보며 물었다.

——용사여. 선택받은 용사여.

'용사……? 나 말이야?'

——그대에게 주어진 얼음 신장의 힘을 쓰는 방법을 전수한다. 받아라.

'뭐야? 윽……?!'

순간, 렌지의 머리에 지식이 쏟아졌다. 신장이라는 모르는 도구에 관한 지식이었다. 신장이라는 도구가 어떤 것이며 무엇을 할 수 있는지, 어떻게 된 일인지 사용법까지 단번에 알게 됐다.

'이건…….'

렌지는 꿈속에서 놀랐다.

——신장은 그대의 요구에 응해 그대에게 힘을 준다. 그대는 용사다. 그대는 선택받은, 특별한 존재다. 그것을 알라.

'크윽, 아까부터 뭐야?! 누구야, 너?! 일방적으로!'

렌지는 목소리의 주인을 향해 물었다.

목소리의 주인은 일방적으로 렌지에게 말했다. 대화는 성립하지 않았다.

——이것이 마지막 조언이다. 때가 될 때까지 살아남아라.

목소리의 주인은 마지막 말을 남기고 렌지의 의식에서 멀어졌다.

'자, 잠깐! 사라졌나?! 넌 누구야?! 네가 나를 이 세계로 불렀나? 뭐 때문에?!'

렌지가 황급히 불렀지만, 대답은 없었다. 다음 순간.

"윽?!"

렌지는 현실 세계에서 몸을 움찔하며 눈을 떴다.

"하아, 하아……."

흥분했는지 가슴이 두근거렸다.

"……꿈, 이었나? 아니야……."

렌지는 꿀꺽 침을 삼켰다.

'상상해. 내가 손에 넣은 신장의 모습을.'

머릿속에 유입된 정보에 의하면 신장은 용사가 생각하는 무기의 이미지에 따라 구현됐다. 렌지는 눈을 감고 정신을 통일해 오른손을 앞으로 뻗었다.

잠시 뒤, 희미한 빛 입자가 떠오르더니 순식간에 할버드가 손에 잡혔다. 렌지의 키보다 크고 우아하며 예술적이었다.

"……됐어."

렌지는 씩 웃었다.

"지식대로라면 이 녀석은, 신장은 얼음의 힘을 조종해. 이름을 붙이면 이미지가 강화돼서 구현 속도가 빨라진다는데…… 얼음. 그럼 코키토스로 하자."

렌지는 그리스 신화 내용 중 코키토스가 지옥 최하층에 있는 얼음 세계라는 뜻이었던 게 생각나 그 이름을 붙였다. 겉으로 티만 안 냈을 뿐, 오타쿠 같은 취미에 몰두했던 렌지는 중2병스러운 지식이 풍부했다.

"사라져. 좋아, 사라졌어."

코키토스가 순식간에 모습을 감췄다.

"코키토스."

이번에는 구현했다. 이름을 붙여서 그런지 아까보다 시간이 덜 걸렸다.

"손에 착 감기네. 그렇게 무겁지도 않아. 몸과 신체 능력이 강화된다는 것도 사실인 모양이야."

할버드는 길이 2미터 정도. 재질이 뭔지는 몰라도 금속 덩어리라 제법 묵직하기는 했다. 하지만 어째서인지 자유자재로 다룰 수 있을 것 같았다.

"시험 삼아 써보고 싶은데."

렌지는 코키토스를 휘두르고 싶어 죽을 것 같았다. 새로 산 게임을 빨리 플레이하고 싶어 못 참겠는 얼굴이었다.

"……몰래 나가볼까."

동거인인 레아는 물론이고 마을 사람들도 잘 시간이었다. 밖으로 나가도 아무도 모를 거라는 생각에 렌지는 레아의 집을 나가기로 했다.

'만월이 가까운 모양이야. 이 정도 밝기면 걸을 수 있겠어.'

빛이 새어 나오는 집이 없는 걸 보니 모두 잠든 듯했다. 빛이라고는 달빛 뿐이었지만, 인간의 망막에 있는 간상세포는 달빛만 충분하면 가로등이 없어도 걸을 수 있을 정도로 뛰어났다.

그리고 렌지가 원래 살던 곳도 주변에 농경지가 많아 인공적인 빛이 적어서 이 정도 어둠에는 끄떡 없었다.

"여기가 좋겠어."

렌지는 마을을 한눈에 볼 수 있는 곳까지 가서 가볍게 스트레칭을 하며 몇 분 동안 근육을 풀었다.

"코키토스."

사라졌던 신장의 이름을 불러 실체화하고 자연스럽게 양손으로 잡았다.

"이렇게 잡는 게 맞는지 모르겠지만…… 하앗!"

렌지는 강화된 육체의 힘으로 코키토스를 있는 힘껏 옆으로 휘둘렀다.

"흠……. 흐읍! 핫!"

감각을 확인하듯 두 번, 세 번 할버드를 휘둘렀다.

"아하."

렌지는 만족스럽게 웃고 말없이 신장을 휘두르기 시작했다. 옆으로 베기, 내리치기, 올려치기, 머리 위로 대회전 등, 멋지다고 생각한 기발한 동작을 가볍게 해냈다. 일반인은 도저히 할 수 없는 곡예였다.

그 후에는 양손에서 한손들기로 바꿔서 원하는 대로 궤적을 그릴 때까지 계속 코키토스를 휘둘렀다.

"대강 알겠어."

마지막으로 내리친 할버드 끝이 바닥에 부딪치기 직전에 멈춘 렌지는 자루를 오른쪽 어깨에 대고 웃었다.

"이렇게 큰 걸 요란하게 휘둘렀는데 숨 한 번 안 차다니. 역시 이세계라고 해야 하나?"

서브컬처에 빠져서 이세계물 소설을 많이 읽은 덕인지

렌지는 지금까지 자신이 처한 상황을 자연스럽게 받아들였다. 하지만 지구로 돌아갈 방법을 모를 뿐, 아무 생각이 안 드는 건 아니었다.

"……돌아갈까."

렌지는 수심이 깊은 듯 밤하늘을 올려다보고 레아의 집으로 돌아갔다.

다음 날 아침, 식사 자리.

"저기, 레아."

"왜?"

"용사가 뭔지 알아?"

렌지가 레아에게 질문을 던졌다.

"아는데…… 시골 사람이라고 바보 취급하는 거야?"

모를 리 있겠냐는 듯이 레아가 어이없다는 표정을 지었다.

"아니, 그러려던 건 아닌데……."

렌지는 당황해서 뺨을 긁적였다.

"동화처럼 들려줘서 어린애도 알아. 육현신님의 사도로서 세상을 구한 분들이잖아."

"……응, 그렇지. 그냥 내가 아는 동화와 차이가 있나 싶어서. 궁금했어. 이 마을에서 들려주는 동화 내용은 어떤지 가르쳐줄래?"

그런 존재인가. 렌지는 즉시 말을 맞춰 질문했다.

"흐음. 큰 차이는 없을 텐데……. 길어서 요약하면 천년 전에 마물을 조종하는 마족의 나쁜 왕이 나타나 세상이 위험에 빠졌습니다. 세상을 구하기 위해 육현신님이 우리 인간에게 지혜와 힘을 주셨습니다. 마족과의 전쟁이 격렬해졌습니다. 그때, 육현신님이 인류를 위해 여섯 명의 용사님을 신들의 세계에서 소환해주셨습니다. 용사님은 일격에 몇천의 마물을 쓰러뜨렸습니다. 육현신님과 여섯 명의 용사님이 힘을 모아 마족 군세를 무찔렀고 세상에 평화가 찾아와 모두 행복하게 살았습니다. 이 정도?"

레아가 기억을 더듬듯 천장을 보며 내용을 설명했다.

"그렇구나. 내가 아는 이야기랑 똑같네."

"성전에 적힌 이야기니까. 괜히 왜곡해서 퍼뜨리면 이단자라고 욕 먹지 않겠어?"

"……아, 그러네."

렌지는 레아의 이야기를 듣고 용사가 종교적 존재라는 것을 알게 됐다.

'어린애도 아는 상식이라니 못 캐묻겠네. 들킬 거야.'

렌지는 그렇게 생각하고 질문했다.

"용사가 정말 있을까?"

"동화 속 영웅이 나타나면 소란이 벌어지겠지?"

레아가 이상하다는 듯 웃으며 대답했다.

"그, 렇겠네. 만약 나타나도 믿어줄지 의문이고."

의미심장하게 중얼거린 렌지는 더 이상 레아에게 용사 이야기를 꺼내지 않았다.

◇◇◇

렌지가 이세계에 오고 5일이 지났다.

레아의 집은 익숙해졌지만, 마을에는 조금도 익숙해지지 못했다. 정확하게는 레아의 집에서 사는 게 완전히 몸에 뱄다. 렌지가 레아의 집에 머문다는 소식도 마을에 퍼졌지만, 정체불명의 외부인이라는 이유로 마을 사람들이 백안시했다.

특히 레아의 소꿉친구는 렌지를 눈엣가시처럼 여겼다. 처음 묵은 다음 날, 빨리 마을을 떠나라고 강요할 정도였다. 렌지가 자기 옆에 서서 중재하는 레아를 보고 득의양양하게 웃는 것을 보고 소꿉친구가 격분하며 때리려고 했지만, 렌지가 얼른 신장의 힘으로 육체를 강화하고 그가 지쳐 움직이지 못할 때까지 가볍게 피해 다니기만 해서 싸우지도 못하고 끝났다.

그 장면을 목격한 일부 마을 사람들이 렌지의 힘을 두려워해 소문을 퍼뜨렸고 렌지는 마을에서 완전히 붕 뜨고 말았다.

마을 사람들은 레아에게 악감정이 없었지만, 렌지와 함께 있을 때는 다가오지 않았다. 렌지는 집에 있는 동안은 물론이고 레아가 일하느라 외출할 때도 함께 다녀서 마을에 어색한 분위기가 감돌았다.

"또 네 소꿉친구가 나를 노려봤어."

밤, 저녁을 먹으며 렌지가 레아에게 말했다.

"그런 일이 있었는데 당연하지."

레아가 새침하게 말했다.

"다시 말하지만, 난 정당방위였어."

렌지가 태연하게 말했다. 정확하게는 도발해서 정당방위인 상황을 의도적으로 만들었다고 할 수 있는데, 렌지는 자신에게 적의를 보이는 상대에게 친절을 베풀 생각이 눈곱만큼도 없으니 보복에 지나지 않았다. 레아도 렌지가 소꿉친구를 보며 득의양양하게 웃는 장면은 못 봤다.

"……그런데 너 정도 실력이면 예란을 더 쉽게 깔아눕힐 수 있지 않아?"

왜 그러지 않았냐고 레아가 에둘러 물었다. 참고로 예란은 레아의 소꿉친구 이름이었다.

"말도 안 되는 소리하지 마. 그럴 여유가 어딨어. 네 소꿉친구는 마을에서 제일 세잖아. 내가 키도 더 작고."

"그렇긴 한데……."

그런 것치고 렌지는 예란이 덤빌 때 즐거워 보였다. 실제로 그는 예란을 상대로 육체를 강화하고 얼마나 움직일 수 있는지 실험했는데 레아가 눈치 챈 게 틀림없었다.

단지 레아는 렌지가 나쁜 녀석이 아니라고 생각했다. 과묵하고 무뚝뚝하며 건방지긴 하지만, 같이 살아보니 의외로 다정한 면이 있다는 것을 알았기 때문이었다. 일하느라 무거운 짐을 들 때는 대신 들어줬고 집안일도 했다. 마을 남자들에게는 없는 배려심이었다.

"……그 녀석, 너 좋아하는 거 아니야?"

렌지가 레아의 반응을 살피며 물었다.

"뭐? 무슨 소리야?"

"너 대신 화내길래."

"그럴 리 없잖아. 그냥 소꿉친구야. 네가 마을에 오기 전에도 마주칠 때마다 못된 말을 했다고. 그런데 내 일로 왜 그렇게 화를 내는지……."

레아가 한숨을 내쉬며 말했다.

"흐음. 그러면 네가 그 남자애를 좋아하나?"

렌지는 누가 봐도 널 좋아해서 그러는 거라고 생각했지만, 지적은 하지 않았다.

"……그럴 리가. 맞을래?"

"그렇구나."

레아가 노려봤지만, 렌지는 이상하게 기분 좋게 웃으며 흘려넘겼다.

"어차피 나 신부로 맞을 사람 없어. 이 외로운 집에서 혼자 늙겠지."

레아가 자포자기하듯 말했다.

"이렇게 일을 잘하는데 신부로 맞으려는 사람 많을걸.

넌 얼굴도 나쁘지 않고."

렌지가 중얼거렸다.

"……뭐, 뭐? 뭔 소리야."

레아가 눈을 깜빡이며 얼굴을 붉혔다.

"내 생각을 말한 건데."

"……얼굴이 나쁘지 않다는 표현이 좀 거슬리지만, 내가 귀엽다는 거야?"

레아가 뺨을 발그레 붉히고 빤히 쳐다보며 물었다.

"보다시피 나는 유랑민…… 이주민이니까. 지금까지 혼자 살았고 다른 마을 여자들을 못 봤으니 객관적이진 않아."

렌지가 시선을 피하며 얼버무렸다. 남중, 남고를 나온 렌지는 이러나저러나 잘 보살펴주는 레아라는 소녀에게 매력을 느꼈다. 그래서 레아를 치켜세우는 말을 했지만, 솔직하게 귀엽다는 말은 못 했다.

"나는 네가 어떻게 생각하는지 물었는데?"

"말했잖아. 얼굴은 나쁘지 않다고."

"표현이 참."

레아가 입을 내밀고 의심스러운 눈으로 렌지를 노려봤다.

"뭔데?"

렌지는 모른 척하며 물었다.

"넌 너무 거들먹거려. 그러니까 마을 사람들이 괜히 반감을 가지는 거라고."

레아가 거침없이 지적했다.

“내가? 거들먹거리는 건 마을 사람들이겠지. 특히 촌장이랑 네 소꿉친구.”

“그건 부정하지 않을게. 하지만 너도 건방지게 말할 때가 있어. 이 마을에 머물고 싶다고 했을 때도 좀 더 잘 설명하고 부탁하면 허락해줬을 거야. 지금까지도 갑자기 온 나그네가 이 마을에 머문 적이 몇 번 있었어.”

“하지만 그 녀석들도 외부인이라는 이유로 마을 사람들이 꺼려하지 않았어?”

“상황을 살피는 느낌으로 거리는 뒀을지 몰라도 지금 너처럼 노골적으로 피하진 않았어.”

“…….”

렌지는 입을 다물었다.

“너는 나쁜 녀석이 아니니까 계기만 있으면 바뀔 거야.”

레아가 말하고 계속 렌지를 쳐다보았다.

“바뀔 필요 있나?”

“유랑민이라고 했지. 여행하는 목적은 있어?”

레아가 렌지의 질문에 질문으로 답했다.

“……아니, 딱히.”

렌지는 잠시 생각하고 대답했다.

“흐음……. 그럼 이 마을에서 살아보는 건 어때?”

레아가 갑자기 그런 말을 꺼냈다.

“……글쎄.”

렌지는 얼버무렸다.

"네가 여기서 살면 좋을 텐데. 넌 힘도 세잖아."

"외부인이 잠깐 사는 데도 꺼려하잖아. 눌러 살면 더 심각해질걸."

"안 그래. 외부에서 이주한 사람이 아예 없지는 않아. 계기만 있으면 인간관계는 쉽게 변한다고."

"글쎄다. 애초에 살 집도 없어."

"……여기 살면 되잖아."

"행상인이 올 때까지 산다는 조건이었잖아?"

즉, 길어도 한 달. 당장 내일일 수도 있었다. 렌지는 조금 의외라는 듯이 레아를 보았다.

"네가 무슨 일이 있어도 꼭 이 마을에 살고 싶다면 안 될 것도 없지? 이 집에서 혼자 살자니 외롭고 밤에는 무서울 때도 있어. 이 마을에 혼자 사는 건 지금까지 나 뿐이라……."

"……너 외로워?"

렌지가 레아의 표정을 살피며 물었다.

"외롭다고 해야 하나…… 집에 대화할 사람이 있거나 함께 밥 먹을 사람이 있으면 좋겠다 싶어서."

레아가 조용히 말했다. 그래서일까. 마지못해 시작된 렌지와의 동거도 그렇게 싫지만은 않았다. 일이 끝나고 가족과 집으로 돌아가는 사람들의 뒷모습을 부러워하지도 않게 됐다.

"넌 혼자 여행하면서 외롭지 않아?"

레아가 렌지의 얼굴을 보며 조심스럽게 물었다.

"나는……."

렌지는 말문이 막혔다. 홀로 여행한다는 말은 거짓말이었다. 하지만 혼자는 외롭다는 말은 이해됐다. 학교 외에는 대부분 방에서 놀던 때보다 이 좁은 집에 레아와 함께 사는 이 생활이 즐거운 것도 같았다. 그런 생각이 들었다.

"하지만 결혼도 안 한 젊은 남녀가 본격적으로 한 집에 살기 시작하면 위험하지 않아? 아니, 이 동거생활도 좀 그렇지 않나 싶은데……."

렌지가 망설임을 내보이듯 말꼬리를 흐리며 의문점을 꺼냈다.

"그러면 아예 결혼해버릴까?"

"……우리 만난 지 이제 5일 됐는데?"

놀라서 렌지의 눈이 커졌다. 많이 놀라서 어색하게 물었다.

"……그, 그렇지. 네, 네가 이상한 말을 해서 그렇잖아. 내가 귀엽다지를 않나……."

레아가 갑자기 정신이 들었는지 얼굴을 붉히고 변명했다.

"귀엽다고 한 적은……."

없다는 명확한 부정을 렌지는 목구멍으로 집어삼켰다. 이세계에 표류해 여자아이와 동거를 시작하며 렌지도 모르는 사이에 들떴을까. 가족이 아닌 누군가가 자신을 바란 적은 십여 년 인생 중 처음이었기 때문에 레아의 바람은 렌지의 마음에 깊은 울림을 줬다.

◇◇◇

다음 날 오후.

렌지와 레아는 일을 중단하고 집으로 돌아와 점심을 먹는 중이었다.

"레아, 잠깐 나와봐."

손님이 왔다. 레아의 소꿉친구 예란이었다. 그는 식탁에 앉은 렌지를 슬쩍 노려보더니 무시하고 레아에게 말을 걸었다.

"무슨 일이야?"

"촌장님이 불러. 마을의 미래를 좌우할 중요한 일이야."

"……촌장님이? 마을의 미래를 좌우한다니 너무 요란한 거 아냐? 무슨 일인데?"

레아가 눈에 조금 경계하는 기색을 보이며 물었다.

"외부인 앞에서는 말 못 해."

예란이 렌지를 의식하며 대답했다.

"……그 말은, 렌지가 얽힌 일이야?"

레아가 조금 울컥한 말투로 물었다.

"……몰라. 난 너를 데려오라는 말만 들었어."

예란이 거북한지 거칠게 말했다.

"다녀와, 레아. 난 괜찮으니까."

렌지가 예란을 보며 여유롭게 미소 짓고 레아에게 말했다.

"……알았어."

이유가 불분명한 부름에 탐탁지 않았지만, 레아는 렌지의 말에 마지못해 고개를 끄덕였다.

"……가자."

예란은 주먹을 쥐고 밖으로 나갔다. 레아도 그를 뒤쫓아 촌장의 집으로 갔다.

◇◇◇

예란은 레아를 데리고 촌장 집으로 이동했다.

"무슨 일로 부르셨어요? 촌, 장……."

레아는 집에 들어가 촌장의 얼굴을 보자마자 공격적인 말투로 부른 이유를 물으려고 했다. 그러나 도중에 말을 잃었다.

그곳에는 마을 사람이 아닌 사람들이 있었다. 인원은 여덟. 모두 무장했고 고급스러운 군복과 기사복을 입었다. 그 중에서 가장 좋은 군복을 입은 통통한 남자가 상석에 있고 촌장은 그 옆에 허리를 숙이고 서 있었다.

"네가 렌지라는 남자와 함께 산다는 소녀인가?"

군복을 입은 통통한 남자가 레아를 힐끗 보았다.

"저, 저기……."

레아는 당황했다.

"질문에 대답해라. 다시 묻지 않겠다. 네가 렌지라는 남자와 함께 산다는 소녀냐고 물었다."

토통한 남자가 무섭게 물었다.

"네, 넷!"

귀족이었다. 레아는 상대의 신분을 알고 두려워 고개를 끄덕였다.

"그 남자에 관해 질문할 테니 아는 걸 다 말하도록."

통통한 남자가 레아에게 여러가지 질문을 던졌다.

머리카락은 정말로 검은지, 사상적으로 치우친 발언은 없었는지, 어디서 렌지를 만났는지, 이 마을에 온 이유는 아는지, 숲속에 있는 호수 이야기를 했는지. 레아는 질문 하나하나에 성실하게 대답했다.

"흠. 자세한 건 모르는군. 본인에게 심문하는 수밖에 없겠어."

통통한 귀족이 귀찮아하며 탄식했다.

"저, 저기, 렌지를 왜 심문하나요?"

귀족이 말한 본인은 렌지라고 쉽게 예상이 되는지 레아가 조심스럽게 물었다.

"이 마을 근처에 있는 호수가 고갈됐다. 그 호수는 나라가 정한 성역 중 하나로, 렌지라는 남자는 호수를 고갈시킨 혐의가 있다. 이게 사실이라면 몇 번을 죽어도 모자른 큰 죄다."

통통한 귀족이 말했다.

"자, 잠시만요! 렌지가 그런 짓을 할 리가……."

할 수도 없었다.

"그걸 조사할 거다. 가자. 안내해라, 촌장."
"네, 네."
귀족은 들으려고도 하지 않고 자리에서 일어나 안에 있던 기사들을 데리고 사라졌다.
'어, 어떡해…….'
파랗게 질린 얼굴로 그 모습을 응시하던 레아는 급히 정신을 차리고 그들을 쫓아갔다.

◇◇◇

몇 분 후, 레아의 집. 현관에서 봤을 때, 안쪽 의자에 앉은 렌지 맞은편에 통통한 귀족이 앉았다. 귀족 뒤에는 두 명의 기사가 있고 그들 뒤에 있는 현관에는 레아가 서 있었다. 레아의 집 주변에는 여러 명의 기사가 대기했고 마을 사람들이 모여 구경했다.
"이게 무슨 일이지?"
렌지는 느닷없이 들이닥친 귀족과 기사들을 둘러보고 불쾌한 얼굴로 물었다.
"엿새 전에 이 마을에 왔다는 렌지라는 남자가 너인가?"
"……그렇다면 어쩔 건데?"
렌지는 상대가 귀족이어도 태도를 바꾸지 않았다. 대등한 말투로 귀족에게 되물었다.
"나는 비르키스 왕국의 심문관이다. 엿새 전에 나타난

빛기둥을 조사하기 위해 왕도에서 이 마을로 파견됐다. 마을 사람들을 심문해보고 네게 이 마을 근처 숲에 있는 호수를 고갈시킨 혐의가 있다고 판단했다."

귀족은 불쾌한 듯 눈썹을 찌푸리며 말했다.

"……무슨 말이야?"

렌지는 잠깐 뜸을 들여 태연한 척하고 시치미를 뗐다.

"그 호수는 나라에서 정한 성역 중 하나다. 엿새 전, 네가 이 마을에 온 날 나타난 빛기둥. 네가 일으킨 건가? 호수를 고갈시킨 건 네 짓인가?"

"……무슨 증거로 나에게 그런 혐의를 씌우지?"

귀족은 마을 사람들을 통해 자신의 정보를 전해들은 모양이었다. 렌지는 그렇게 판단하고 증거를 밝히라고 요구했다.

"네게 가르쳐줄 필요 없다. 넌 무슨 목적으로 이 마을에 왔나?"

"그럼 나도 네게 그걸 가르쳐줄 필요 없겠네."

렌지는 보복이라도 하듯 코웃음쳤다. 그러자 귀족이 얼굴을 찌푸렸다.

"렌지! 이분은 귀족이셔! 어서 사과해! 그러다 죽어!"

그냥 뒀다간 렌지가 역정을 사서 귀족에게 죽을 판이었다. 현관에서 상황을 지켜보던 레아가 창백한 얼굴로 렌지에게 말했다.

"사과할 이유 없어."

렌지가 울컥해서 토라진 것처럼 대답했다.
“대답할 생각이 없다면 상관없다. 호수를 고갈시킨 죄로 너를 마땅한 곳으로 송치한다.”
귀족이 서늘하게 말했다.
“내가 안 했어.”
렌지가 단호하게 주장했다.
“그럼 그걸 증명하기 위해서라도 질문에 대답해라. 빛기둥이 나타난 직후에 보기 드문 색의 머리카락과 복장을 한 수상한 자가 마을에 오면 조금은 의심하는 게 도리다. 넌 나그네라고 대답했지만 빈손이었다지. 짐을 잃어버렸다던데 어디서 잃어버렸나?”
귀족은 렌지의 무례한 태도에 이성을 잃고 화내기는커녕 렌지를 관찰하며 담담하게 물었다.
“……난 숲 반대쪽 길을 통해 마을로 왔다. 실제로 저쪽에 있는 문을 지나 마을 농경지에서 레아를 만났어. 숲은 가지도 않았어. 짐은 그 길 어딘가에서 잃어버렸고. 잃어버린 곳은 기억나지 않아.”
이 상황을 참을 수가 없는지 렌지가 거친 숨을 내쉬며 말했다.
“흠. 숲 반대쪽 길이라면 서쪽 길에서 왔단 말인가. 그렇다면 서쪽 길을 조금 지나면 있는 계곡에서 짐을 잃어버렸을 수도 있겠군. 그 주변은 바위가 많아 걷기가 힘드니.”
통통한 귀족이 추측했다.

"그래, 맞아."

렌지는 단언했다.

"……흠. 이상하군. 참 이상해. 내가 잠깐 착각했다만, 서쪽 길을 조금 지난 곳에는 계곡은 없다."

귀족이 눈을 가늘게 뜨고 자신의 착각을 이유로 들며 발언을 철회했다.

"뭐……?"

렌지의 얼굴이 굳었다.

"정말 서쪽 길을 통해 마을로 온 건가?"

귀족이 갑자기 진지한 표정을 지으며 렌지에게 물었다.

"……."

렌지는 살짝 시선을 방황하며 입을 다물었다.

"왜 거짓말했지? 넌 어디서 왔나? 사실은 숲속에 있었던 것 아닌가? 그 호수가 고갈된 사건에 관해 아는 거 있나? 아니면 네가 호수를 고갈시킨 장본인인가?"

심문관은 렌지가 거짓말했다고 단정하고 날카로운 시선을 던졌다. 역시 심문관이라고 해야 하나, 일개 고등학생에 지나지 않은 렌지를 몰아세웠다.

"……난 몰라."

렌지는 겁을 먹은 듯 고개를 저었다.

"심문 중에 태연하게 거짓말을 하는 자의 말을 믿으라고?"

이 말이 결정타였다.

"……."

렌지는 드디어 위기감을 느꼈는지 덜컥 소리를 내며 거칠게 의자에서 일어났다. 그 순간, 심문관 뒤에 있던 두 기사가 좌우로 갈라져 렌지를 포위했다.

"섣부른 짓은 하지 마라. 진실을 밝히는 것이 내 일이다. 하지만 피의자가 저항하거나 도주를 꾀할 경우에는 목숨을 보장하지 않아."

통통한 심문관이 날카로운 눈으로 경고했다.

"……."

렌지는 좌우에서 다가오는 두 기사를 번갈아 노려보며 견제했다.

"잡아라."

심문관의 명령에 두 기사가 렌지에게 재빠르게 접근했다. 뒷걸음질쳐서 벽으로 후퇴하는 렌지를 잡으려고 힘차게 돌진했다.

전투 훈련을 받은 두 기사와 며칠 전까지는 고등학생일 뿐이었던 렌지. 체격 차도 역연해서 일본 남고생 평균보다 작은 렌지에게는 아무리 발버둥쳐도 붙잡히는 미래밖에 보이지 않았다.

"윽!"

레아는 가슴 아픈 광경을 보지 않으려고 자기도 모르게 눈을 감았다. 그러나 다음 순간에는 렌지 이외의 누구도 예상하지 못한 일이 일어났다.

"하아앗!"

벽으로 내몰린 렌지가 갑자기 기사에게 돌격했다.

"윽, 으윽……!"

오른쪽에서 접근하던 기사가 렌지의 몸통박치기에 벽으로 세차게 날아갔다. 그는 얇은 나무 벽을 뚫고 밖에 나뒹굴었다.

"무슨……."

그 광경을 목격한 이들은 말을 잃고 얼어붙었다. 렌지는 그 틈에 왼쪽에서 접근하던 기사의 몸에도 전력으로 부딪혔다.

"크악?!"

부딪힌 기사가 조금 전의 기사처럼 벽을 부수며 날아갔다. 예상도 하지 못한 사건에 집안이 쥐죽은 듯이 조용해졌다.

모두 얼어붙어 렌지를 보았다.

"하아, 하아……."

렌지는 몹시 흥분했는지 거친 숨을 몰아쉬며 기사를 떠민 자신의 양손을 핏발 선 눈으로 내려다보았다.

"레, 렌지……?"

레아가 넋이 나가 떨리는 목소리로 이름을 불렀다.

"……."

렌지는 고개를 들어 번뜩이는 눈으로 레아가 있는 현관을 보았다.

"힉!"

레아는 겁을 먹고 뒷걸음질 쳤다.

"……아무 짓 안했어. 난, 아무 짓 안 했어!"

렌지는 꿀꺽 침을 삼키고 소리 치며 부서진 벽으로 달려갔다.

"노, 놓치지 마라! 죽여도 상관없다!"

심문관이 밖에 있는 기사들을 향해 외쳤다. 벽이 부서지자 경계심이 폭발했는지 집을 포위한 기사들 몇 명이 부서진 벽 앞에서 렌지를 기다리고 있었다. 모두 검을 들었다.

"와라, 코키토스!"

렌지는 밖으로 나가며 신장인 할버드를 실체화했다.

"≪인챈트 피지컬 어빌리티≫."

순간, 기사들 사이에 동요가 퍼졌지만, 즉시 주문을 외워 마법을 발동하고 일제히 렌지를 공격했다.

"우오오오오오오!"

렌지는 달려드는 기사들을 향해 마구잡이로 할버드를 휘둘렀다. 완전 초보자나 다름없었지만, 힘은 압도적이었다. 할버드 끝에 달린 도끼날에 기사들의 육체가 커터칼로 종이를 자르듯 잘려나갔다.

"뭐……!"

부서진 벽으로 뒤늦게 얼굴을 내민 심문관이 싸우는 렌지를 보고 할 말을 잃었다. 할버드는 어디서 나왔는가, 왜 훈련받은 기사들이 맥도 못 추리고 섬멸되고 있나…….

"우, 윽……."

레아도 마을 사람들과 함께 그 광경을 보고 구역질이 났는지 입을 막았다.

"괴, 괴물 자식! ≪파이어볼≫!"

심문관은 허리에 찬 로드를 렌지에게 겨누며 맨몸으로 맞으면 죽는 주문을 외웠다. 직후, 로드 끝에 마법진이 떠오르고 1미터가 넘는 불덩어리가 렌지의 등을 향해 힘차게 날아갔다.

"레, 렌지!"

레아가 외쳤다.

"윽?!"

렌지는 곧바로 뒤로 돌며 할버드를 휘둘렀다. 그러자 창끝에서 두터운 얼음 창이 발사됐따. 얼음 창은 불덩어리를 가볍게 뚫고 날아가 그 뒤에 있던 심문관의 몸통을 뚫었다.

"허……?"

로드를 든 심문관은 구멍이 난 자신의 배를 내려다 보더니 그 자리에 털썩 쓰러졌다. 누가 봐도 즉사가 분명했다.

"으, 으아아아악!"

아직 남아있던 기사 셋은 심문관과 기사들의 시체를 남겨둔 채 모두 꽁지가 빠지게 도망쳤다.

"하아, 하아, 하아……."

렌지는 할버드를 휘두른 자세 그대로 과호흡을 일으키며 서 있었다. 잠시 침묵이 흘렀다.

"크, 큰일이다. 무슨 짓을 벌인 거야. 마을에 온 귀족들을 죽이다니. 크, 큰일이야. 큰일났어……."

목격한 광경을 현실로 받아들였는지 촌장이 파랗게 질려서 중얼거렸다.

그러자 곁에서 촌장의 중얼거림을 들은 레아의 소꿉친구 예란이 움직였다.

"너, 너, 이게 무슨 짓이야?! 우리 마을을 망하게 하려는 거야?"

"예, 예란!"

레아가 황급히 예란을 말렸다.

"조용히 해, 레아! 애초에 네가 저런 괴물을 마을에 머물게 해서 벌어진 일이니까! 마을에서 귀족이 죽었어! 어떻게 할 거야?!"

예란이 주위에 나뒹구는 시체를 둘러보며 말했다.

"무, 무슨 말을 그렇게……."

레아의 얼굴이 흙빛이 되더니 울먹이며 말을 잇지 못했다.

"네 잘못 아니야! 잘못한 건 저 녀석, 저 녀석이야!"

예란이 흥분했는지 히스테릭하게 소리 지르며 렌지를 가리켰다.

"……."

렌지는 예란을 섬뜩하게 노려봤다.

"……주, 죽일 거냐, 나도."

겁이 났는지 예란의 목소리가 날카로웠다.

"……."

"어쩔 건데? 가만히 있지만 말고 뭐라고 말 좀 해봐!"

렌지가 침묵하자 예란의 기세가 등등해졌다. 그러다 용기를 내서 렌지에게 접근해 어깨를 잡고 흔들었다. 그러자 레아를 제외한 마을 사람들도 차례로 비난하는 시선을 던지기 시작했다.

"예란, 그만해!"

"뭘 그만해?! 이 망할 자식 때문에……!"

레아가 말렸지만, 예란의 분노는 더 커졌다.

"……."

"이게, 야!"

"건드리지 마!"

"으악?!"

계속 침묵하는 렌지에게 화가 나 주먹을 치켜든 예란이 렌지에게 얻어맞고 바닥에 쓰러졌다. 조금 전에 기사가 날아갔을 때만큼 세지는 않았지만, 예란의 입에서 피가 흘렀다.

"……어?"

이 자식, 왜 때렸지? 라고 말하듯이 예란이 렌지를 쳐다보았다.

"이때란 듯이 나대지 마, 허접한 게. 난 정당방위였을 뿐이야."

그러니까 난 잘못이 없다. 아무 잘못 없다. 렌지는 그렇게 주장하듯 화내며 예란을 내려다보았다.

"렌지……."

레아가 슬퍼하며 렌지를 불렀다.

"나는……."

렌지는 무슨 말을 하려고 입을 열었다.

——난 잘못한 거 없어. 그러니까 같이 가자!

그렇게 외치고 레아에게 손을 뻗고 싶은 충동이 일었다. 그러나 렌지는 손을 내밀지 않았다. 그리고 떳떳하지 못하게 레아의 시선을 피했다.

"쫓아오면 용서하지 않겠어."

렌지는 비난의 시선을 던지는 구경꾼을 노려보았다.

"히익……!"

마을 사람들이 겁을 먹고 뒷걸음질 쳤다.

"……."

렌지는 아랫입술을 깨물고 마을 사람들에게서 도망치듯 달렸다. 그 앞에는 렌지가 이 세계에 왔을 때 서 있던 호수가 있었고 더 앞에는 비르키스 왕국의 적국인 루비아 왕국이 있었다.

【 제 3 장 】 ❈ 복수하는 자의 송곳니

렌지가 이 세계에 오고 여러 달이 지났다. 지난 일 이후로 렌지는 레아가 있는 비르키스 왕국의 마을로 돌아가지 않고 루비아 왕국에서 모험가로 살았다.

모험가 길드는 각국의 위탁을 받아 설립된 국제조직이었다. 설립 목적은 제대로 된 직업 없는 사회부적응자들에게 국가의 손이 닿지 않는 국방의 일부분을 떠넘기고 국가가 간접적으로 관리해 노동력으로 쓴다는 점이었다.

그러나 이름만 국제조직에 본부는 형식적으로 있을 뿐, 기능을 갖춘 거점이 없어 각국 왕도에 있는 지부가 거의 독립적으로 운영했다. 각국의 관리가 파견돼 지부 업무를 감독해서 국가 장벽을 넘지 못하기 때문이었다.

그리고 모험가가 되려면 본부나 지부에 가입·등록해야 하는데 각각 장단점이 있었다. 예를 들어 어느 지부 소속이 되면 다른 지부 영역에서는 활동이 제한된다든가(본부 소속은 일단 모든 지부에서 활동할 수 있지만, 지방 지부의 백업은 못 받는다).

렌지는 루비아 왕국에 있는 지방 지부 소속이었다.

처음에는 작은 체구와 앳된 외모, 그리고 시건방진 성격이 화가 돼서 다른 모험가들이 얕보거나 시비를 걸어왔다.

그러나 싸움을 거는 모험가들을 고랭크도 아랑곳 않고

받아 치고 난이도 높은 토벌의뢰도 전부 혼자 처리하다 보니 두려워하며 더 이상 시비를 걸지 않았다.

그뿐만이 아니라 역사상 유례 없는 속도로 출세한 거물 루키로 이름을 날렸고 솔로로 활동한다고 '고고(孤高)'라든가, 강력한 얼음 마검(고대 마술이 깃든 무구의 통칭)을 가지고 있다고 '빙제(氷帝)'라는 별명까지 얻었다.

그의 이름은 왕성까지 퍼졌고 소문을 들은 제1 왕녀 공주기사 실비 루비아가 직접 렌지를 왕성으로 초대해 몸소 대련 후, 렌지의 실력을 높이 사며 측근 기사로 스카우트할 정도였다.

"난 남의 지시대로 움직일 생각 없어. 왕후 귀족 밑이라니 말할 가치도 없군."

렌지는 실비의 스카우트를 당당하게 거절하고 기사가 되지 않았지만, 세상 물정 모르는 시건방진 대답이 마음에 들었는지 주종 관계 대신 교우 관계를 쌓게 되었다.

"야, 고고다."

루비아 왕국 왕도에 있는 모험가 길드에서 렌지가 나타나자 로비에 있던 모험가들이 술렁였다. 강한 질투의 시선과 증오의 시선도 섞여있었다.

"흥."

렌지는 시선을 한 몸에 받으며 싸늘하게 웃으며 카운터로 갔다. 남이 질투하는 게 싫지 않았다. 고고나 빙제라고 불리는 것도 나쁘지 않았다. 바로 이러려고 매진해왔으니까.

렌지는 마을에서 있었던 일을 잊고, 아니, 떠올리지 않기 위해 순조롭게 흘러가는 새로운 인생을 즐겼다.

◇◇◇

그런 렌지의 이세계 인생에 변화가 생겼다. 리오가 프로키시아 제국에서 니들과 격투를 벌인 다음 날의 일이었다. 크리스티나와 플로라가 마도선에서 실종되기 이틀 전의 일이기도 했다.

렌지가 빌린 고급 여관방에 제1 왕녀인 실비 루비아가 몰래 찾아왔다.

"오랜만이군, 렌지."

실비가 렌지 맞은편 소파에 앉아 미소 지었다.

"잠행이라지만, 이런 여관에 와도 괜찮은 거야?"

렌지가 웃으며 물었다.

"우리나라 왕도에서 가장 호평인 고급 여관을 이런 여관이라고?"

"왕녀가 가볍게 올 장소는 아니잖아?"

"내가 와서 싫은가?"

"아니야. 제대로 대접도 못해서 그렇지."

"호오, 너도 손님을 대접한다는 생각을 할 수 있다니 의외군."

실비가 재미있어하며 말했다.

"나를 뭐라고 생각하는 거야? 됐어. 한동안 얼굴을 못 봤잖아. 어떻게 지내나 궁금하던 참이었어."

렌지가 기막혀 하며 한숨을 내쉬고 실비의 근황을 물었다.

"얼마 전에 가르아크 왕국에서 각국의 용사님들이 모이는 연회가 있었다. 국가 대표로 초대받아 한동안 왕도를 떠나있었지. 돌아온 뒤로도 여러 가지 일이 있었고."

실비가 조금 피곤한 기색을 보였다.

"……각국의 용사와 만났어?"

렌지가 물었다.

"잠깐이지만, 대화도 했어."

실비가 렌지의 얼굴을 응시하며 대답했다.

"어떤 놈들이었어?"

루비아 왕국에도 슈트랄 지방 각지에 용사가 소환됐다는 소문이 퍼져 렌지도 알고 있었다. 아직 자신이 용사라고 누구에게도 밝히지 않았지만, 다른 용사들의 정보는 궁금했다.

"……우리 또래 소년소녀들이었어."

실비가 잠깐 뜸을 들이고 간단하게 대답했다.

"그래……? 그건 그렇고 에스텔은 잘 지내?"

렌지는 자기가 용사라는 사실을 숨겨서 겸연쩍었는지 더 묻지 않았다. 대신 실비의 동생인 제2 왕녀 에스텔에 관해 물으며 화제를 바꿨다.

이전에 왕도에 초대됐을 때, 에스텔과도 교류하게 됐다.

언니인 실비가 공주기사라고 불리는 늠름한 여성이라면, 동생인 에스텔은 얌전하고 따뜻한 소녀였다. 그래서 자매인데 성격은 대조적이라는 말을 자주 들었다.

"……에스텔은 요양 중이다."

실비가 얼굴에 그늘을 드리우며 말했다.

'국가 기밀사항이다. 외교 도구로 인질이 됐다고는 말 못해.'

그런 생각을 하며…….

"상태가 많이 안 좋아?"

"뭐, 그렇지."

"약초라든가 필요한 거 있으면 내가 구할 수 있어."

"아니. 때가 되면 분명 좋아질 거다. 그러니까 신경 쓰지 마. 언젠가 너도 다시 만날 수 있을 테니까. 그때는 이곳으로 데려오지."

렌지가 걱정하며 묻자 실비는 애써 웃으며 말했다.

"……그래. 하지만 에스텔은 공주님이니까 내가 성에 가는 게 나을 거야."

한순간, 실비의 미소에 시선을 빼앗긴 렌지는 급히 웃으며 말했다.

"……이봐. 에스텔'은'이 뭐야? '은'이? 나도 공주라고."

실비가 눈을 깜빡이더니 석연치 않은 얼굴로 따졌다.

"아, 실비는 공주기사였지."

"하지 마. 그렇게 부르는 거 안 좋아해."

"저기요. 처음 만났을 때 자기 입으로 공주기사라고 소개하지 않았던가? 그리고 대련했던 것 같은데?"

"그때는 그렇게 소개해야 자연스럽게 대련으로 이어질 것 같았으니까."

두 사람은 소국이지만, 제1 왕녀와 일개 모험가 같지 않은 친근한 분위기 속에 담소를 나눴다. 그리고 얼마나 시간이 지났을까.

"역시 너와 보내는 시간은 좋군. 괜히 긴장할 필요도 없어. 마음이 편해."

실비가 중얼거렸다.

"뭐야, 갑자기?"

"요즘 신경 쓸 일이 많아서. 살벌해진 마음을 안정시키려고 너를 만나러 온 보람이 있네."

"일을 너무 많이 하는 거 아니야? 방탕한 모험가인 내 입으로 말하긴 뭣하지만, 너무 일만 해도 안 좋아. 적당히 쉬어야 해."

렌지가 실비에게 조언했다. 그때였다. 방문을 두드리는 소리가 나고 달칵 문이 열렸다.

"실비 님, 잠깐 괜찮으십니까?"

실비의 부하인 기사 엘레나 브로만이었다. 실비가 렌지와 대화하는 동안 밖에서 경비 중이었다.

"……내가 밖으로 나갈 때까지 대기하라고 하지 않았나?"

실비는 타박하는 말투로 물었다.

"그것이, 장 베르나르가 알현을 청했습니다."

엘레나는 망설이며 손님의 이름을 말했다. 장 베르나르는 프로키시아 제국의 대사인 레이스가 루비아 왕국에서 쓰는 가명이었다.

"나를……? 알았다. 성으로 돌아가지. 렌지, 갑자기 미안하지만, 오늘은 이쯤에서……."

"공주님. 그것이, 장 베르나르가 이곳 여관까지 왔습니다……."

실비가 얼굴을 찡그리고 렌지와 대화를 마무리하려는 도중에 엘레나가 말을 끊었다.

"이 여관에? 크윽, 어떻게 이곳을……."

실비가 괴로운 표정을 지었다.

'렌지에 대해 알았나? 유명한 모험가라 알아도 이상한 일은 아니지만…… 목적이 뭐지?'

여러 가능성을 떠올렸다.

렌지는 실비의 얼굴을 보고 의아해하며 고개를 갸웃거렸다. 그때, 문 앞에 선 엘레나 옆에 문제의 장 베르나르 즉, 레이스가 나타났다.

"갑자기 찾아와 실례했습니다."

레이스가 가슴에 손을 대고 방에 있는 실비와 렌지를 향해 공손히 머리를 숙였다.

'처음 보는 얼굴인데? 이름도 처음 듣고……'

일개 신하가 약속도 없이 잠행 중인 왕녀를 찾아오다니

무례하지 않나? 렌지는 그런 생각을 하며 레이스를 관찰했다.

"……용건이 뭐냐?"

실비가 불쾌한 음색으로 물었다.

"실비 전하가 이곳에 계신다고 들었습니다. 용건을 설명하기 전에 고고의 렌지 님에게 인사드려도 되겠습니까?"

레이스가 기분 나쁠 정도로 싱글싱글 말하며 렌지를 보았다.

"상관없어. 내 사적인 시간을 할애할 만큼 중요한 일이겠지?"

렌지는 소파에 등을 기대고 다리를 꼬더니 협박하듯 물었다.

"네, 그럼요. 제 인사는 짧게 하겠습니다. 전 루비아 왕국의 말단 귀족인 장 베르나르라고 합니다."

"처음 듣는 성과 이름이군."

렌지는 루비아 왕국 귀족에 관심이 없어서 당연하다면 당연한 일이었다.

"네. 불면 날아갈 듯한 말단 귀족입니다. 고고라 불리는 고명한 분을 만나 대단히 영광입니다."

다른 귀족이라면 렌지의 언행을 무례하게 여기고 불쾌해했겠지만, 레이스는 붙임성 있게 받아넘겼다.

"……."

렌지는 눈을 가늘게 뜨고 레이스의 얼굴을 쳐다보았다.

'이상하게 기분 나쁜 남자야. 실비의 표정이 험악한 것도 신경 쓰여.'

표정 변화를 보려고 했지만, 마치 가면을 쓴 사람을 보는 것 같아 정체를 알 수 없는 무언가를 느꼈다.

"볼 일이 뭐냐? 베르나르."

실비가 비난하는 말투로 대화에 끼어들었다.

"전하의 사랑스럽디 사랑스러운 에스텔 님 일로 드릴 말씀이 있습니다. 슬슬 만나고 싶으시지요?"

"……무슨 뜻이냐?"

"말씀드린 그대로입니다만?"

레이스는 시치미를 떼고 고개를 갸웃거렸다.

"……만날 수 있나?"

"네, 예전에 약속하지 않았습니까. 언젠가 만날 수 있다고. 하지만 저도 바쁜 몸인지라 방해받으면 곤란하니 만나고 싶다면 지금 당장 출발하시지요."

"……알겠다."

한참 망설이던 실비는 결국 고개를 끄덕였다.

"……무슨 말이야? 실비. 에스텔은 요양 중이라며."

렌지가 이상하게 여기며 실비에게 물었다.

"요양하는 곳으로 간다. 미안하지만, 오늘은 이쯤에서 실례하지. 또 올게, 렌지."

실비는 공허한 미소를 짓고 태연한 척하며 자리에서 일어났다.

"응, 또 와도 되는데……."

렌지는 이해가 안 된다는 얼굴로 실비를 바라보았다.

"안내해라, 베르나르."

실비는 자리를 뜨며 레이스에게 말했다.

"분부대로 하겠습니다."

레이스는 싱긋 웃더니 몸을 돌려 복도로 나갔다. 실비도 그를 뒤쫓아 방을 나갔다.

걸음을 떼며 레이스가 렌지를 보았다. 그는 렌지만 알 수 있게 의미심장한 수상쩍은 미소를 지어 보이고 밖으로 사라졌다.

'실비의 모습이 심상치 않아. 무슨 일이라도 벌어졌나? 장 베르나르라는 남자. 너무 수상한데…….'

렌지는 직감했다. 레이스의 수상한 미소가 이상하게 머릿속에 남아 가슴이 어수선해 창문으로 여관 입구를 내려다보았다. 레이스와 함께 마차에 오르는 실비와 엘레나가 보였다. 둘 다 살기를 띤 것처럼 보였다.

'신경 쓰여. 쫓아가서 조사해볼까?'

렌지는 결심하자마자 준비를 마치고 여관 밖으로 나갔다.

한편, 실비와 엘레나가 탄 마차 안. 이동한 지 얼마나 됐을까. 마차에는 숨막히는 침묵이 이어졌다.

"……레이스. 이 남자는 누구냐?"

실비가 좁은 마차 안에서 자기 대각선 자리에 동석한 제삼자의 정체를 물었다. 왼쪽 눈을 검은 안대로 가리고 왼팔에는 술식을 그린 붕대를 단단히 감은 남자는 심상치 않은 살기가 감돌았다.

"미력한 저 혼자서는 불안하니까요. 호위예요. 루시우스라고 합니다. 지금 신경이 좀 날카로운 상태이니 행여라도 이상한 생각하지 마세요. 목숨 보장 못 합니다."

레이스가 태연한 얼굴로 대답하고 어깨를 으쓱했다.

"루시우스?"

"어라, 아십니까?"

"천상의 사자단의 단장이라면 이름 정도는. 하지만 저렇게 살기를 내뿜는 이유를 모르겠군. 그쪽에서 공격하기 전에 베고 싶어져."

실비는 루시우스를 노려보았다.

"핫."

루시우스가 갑자기 재미있다는 듯이 웃음을 흘렸다.

"뭐냐?"

실비가 어깨를 흠칫했다.

"이 살기는 너 때문이 아니야. 죽고 싶을 만큼 죽이고 싶은 녀석은 따로 있어. 지금 당장이라도 죽이러 가고 싶을 정도로 말이야."

루시우스가 텅 빈 새카만 눈으로 말했다.

"레이스. 이 남자, 정신착란이라도 일으킨 거 아니냐?"

실비는 수상쩍다는 듯 눈을 가늘게 뜨며 레이스에게 물었다. 그러나 레이스는 가볍게 어깨만 으쓱할 뿐 대답하지 않았다.

"이봐, 공주님."

"……."

루시우스가 말을 걸었지만, 실비는 무시했다.

"상상해봐. 그쪽 동생, 에스텔이라고 했나? 그만한 기량을 가진 여자가 인질로 잡혔는데 지금도 무사할 것 같아?"

"이, 이 자식?!"

동생의 안부를 들고 나오자 실비는 핏대를 세우고 거칠게 반응했다.

"흥."

루시우스는 기다렸다는 듯이 비웃었다.

"그 말은 인질을 인질로 다루지 않는다는 선언인가? 그렇다면 지금 이 자리에서 너희와는 결렬이다."

실비는 허리에 찬 검으로 손을 뻗었다.

"이 좁은 마차 안에서 뽑을 셈이야?"

루시우스는 말과 달리 빨리 뽑으라고 재촉하듯 비웃었다.

"내가 이 마차 째로 너를 못 벨 것 같나?"

실비가 날카롭게 말하자 일촉즉발의 분위기가 됐다. 실비 옆에 앉은 엘레나도 험악한 표정으로 전투태세에 들어갔다. 무슨 일이 벌어지면 바로 대응할 수 있게 몸을 긴장시켰다.

루시우스는 몸을 뒤로 젖히고 눈으로 그들을 도발했다.

"그만하세요."

가만히 있었더니 언제 싸움이 터질지 모르겠다는 생각이 들었는지 레이스가 어이없어하며 중재했다.

"우리는 정규 국가로 활동하고 있습니다. 저기 굴러다니는 산적이나 용병이 아니니 기껏 잡은 인질의 가치를 떨어뜨리는 짓은 하지 않아요. 에스텔 왕녀에게 어떤 짓도 하지 않았습니다."

레이스가 실비에게 말했다.

"정규 국가? 용병단이 세운 국가가?"

실비는 흥분했는지 미간을 찌푸리며 반박했다.

"그 말은 이상하군요. 정규 국가라고 생각하니까 이렇게 비밀리에 우리나라와 협정을 맺지 않았습니까?"

"에스텔을 인질로 잡고 교섭을 강요해놓고 잘도 나불나불……."

"그 말도 이상하네요. 예부터 국가간 교섭에 인질은 필수 아니던가요? 내정을 살필 때도 복종 요구의 일환으로 주군이 신하에게 인질을 요구하는 것은 드문 일이 아닙니다만……."

레이스는 정말 이상하다는 듯이 고개를 갸웃거렸다.

"인질을 잡고서 진정으로 신용할만한 협정국이 될 거라 생각하지 마라."

"기억하겠습니다. 그래도 협정은 협정. 이쪽도 신뢰 관계를 형성하기 위해 인질 외적으로는 노력하고 있습니다. 그러니 그쪽도 신뢰 관계가 깨지지 않게 유의해주세요. 다소 불만을 토로하는 정도는 신경 쓰지 않아요."

노려보는 실비에게 레이스가 차분하게 대답했다.

"……."

실비는 가볍게 콧방귀를 뀌고 더는 아무 말도 하지 않았다. 떨떠름하지만, 레이스의 말에 무언의 동의를 뜻했다.

몇 분 후. 그들을 태운 마차가 정차했다.

"자, 내릴까요?"

레이스의 말에 먼저 실비와 엘레나가 하차했다. 그 뒤에 레이스와 루시우스가 내렸다.

'역시 왕도 밖으로 데려왔군.'

에스텔의 안부를 확인하기 위해 도착할 때까지 목적지를 밝히지 않는다는 조건을 받아들이고 마차에 탔다. 이동 중에도 창문을 닫아놓아서 어떻게 왔는지 모르지만, 얼추 왕도 밖으로 나온 것 같았다.

루비아 왕국의 왕도는 실비의 영역이었다. 그런 곳에서 에스텔과 만나게 할 만큼 레이스는 녹록치 않았다.

예상대로 도착한 곳은 왕도로 이어진 길 위였고 왕도에서 가장 높은 왕성이 멀리 보일 만큼 떨어져 있었다.

"에스텔이 없다만?"

실비는 주위를 둘러보았다. 길 위에는 그들만 있었고 주변에는 초원이 펼쳐졌다. 영양분이 부족한지 풀 색이 안 좋고 키가 작았다. 주위에는 사람이 숨을만한 크기의 바위도 여기저기 있었다.

"이쪽으로 오세요."

레이스가 손으로 가리키며 길 밖으로 유도했다. 그는 마차와 마부를 길 위에 두고 앞장 서서 걸었다.

"실비 님, 제가 뒤따르겠습니다."

"그래."

실비가 먼저 레이스를 따라가고 엘레나가 뒤따라 걸었다. 그리고 그 뒤에 루시우스가 붙어 넷이 일렬로 움직였다. 실비는 앞에 있는 레이스를, 엘레나는 뒤에 있는 루시우스를 경계하며 한동안 걸었다.

"여관을 떠나며 다른 부하를 통해 여러분과 함께 간다고 알렸으니 그렇게 경계할 것 없습니다. 그쪽이 아무것도 하지 않는 한은 말이죠."

레이스가 웃어 보이며 뒤따라 걷는 두 사람에게 말했다.

"에스텔의 안부를 확인할 수 있다면 아무것도 하지 않겠다. 하지만 만약 에스텔이 무사한지 확인하지 못하면 그냥 넘어가지 않겠어."

"그러면 서로 걱정할 필요 없겠네요. 자, 여기 서주세요."

레이스가 앞에 있는 큰 바위를 가리켰다. 그러자 그 뒤에서 후드를 쓴 세 남자가 소녀를 데리고 나타났다.

마법을 봉인하는 목걸이를 찼지만, 다친 것 같지는 않았다. 1백 미터 앞에 있는 친언니를 면목없이 바라보고 있었다.

"에스텔!"

실비가 반사적으로 달려가려고 했다.

"어이쿠, 이 이상은 접근하지 마세요."

레이스가 앞을 가로막았다.

"크윽……."

"약속대로 안부를 확인했으니 이제 돌아갈까요?"

실비가 죽일 듯이 노려봤지만, 레이스는 아무렇지 않은 얼굴로 무정한 말을 꺼냈다.

"뭐?! 얼굴만 보지 않았나! 그것도 멀리서!"

"만나긴 했잖아요? 안부를 확인한다는 목적도 달성했고요."

"얼굴만 보고서 안부를 확인할 수 있겠냐. 잠깐 대화라도 하게 해줘."

실비가 필사적으로 레이스에게 호소했다.

"이쪽도 위험을 감수해야 하는데…… 뭐, 좋습니다. 당신의 화를 가라앉혀서 이상한 짓을 벌이지 않게 하는 것도 이 기회를 만든 이유 중 하나니까요."

레이스가 입가에 손을 대고 고민하는 시늉을 보이며 말했다.

"그럼……."

"한 가지 조건이 있습니다. 조건을 받아들이면 몇십 초 동안 접근한 상태로 방해 없이 대화할 수 있게 해주겠습니다."

"……말해봐."

몇십 초라도 에스텔과 대화할 수 있을지도 모른다는 제안은 매력적이었지만, 실비는 일단 조건부터 들어보기로 했다.

"전하가 소지한 마검을 호위 기사에게 맡기셔야 합니다."

"……그뿐인가?"

실비가 김 샌 것처럼 물었다. 레이스가 이때다싶어 받아들이기 어려운 조건을 들이밀 줄 알았다.

실비가 장비한 마검은 고대 마도구이기도 한 국보였다. 레이스와 루시우스에게 맡기는 건 불가한 일이지만, 측근인 엘레나에게 맡기는 건 신용할 수 없는 협정 상대를 앞에 둔 현재 상황에선 어찌어찌 허용할 수 있었다.

"네. 공주기사로 알려진 능력자라서 마봉의 족쇄도 채우고 싶지만, 그 부분은 믿어보기로 하죠. 신뢰 관계 형성의 일환이라고 생각해주세요."

레이스가 웬일로 진지하게 실비에게 부탁했다.

"……알겠다. 엘레나, 이 검을 잠깐 맡아줘."

실비는 허리에 찬 검을 엘레나에게 건넸다.

"정중히 맡겠습니다."

엘레나는 한쪽 무릎을 꿇고 공손히 마검을 받았다.

"가시죠."

레이스의 재촉에 실비는 에스텔을 향해 걸었다. 실비는 몇십 초 동안 천천히 에스텔에게 다가갔다.

에스텔도 잠시 자유를 얻었는지 조심스럽게 실비를 향

해 움직이기 시작했다. 서로에게 가까워질수록 걸음이 빨라졌다.

"무사하니? 에스텔."

"네. 폐를 끼쳐 죄송해요. 언니."

서로의 손을 잡고 재회의 인사를 나눴다. 실비는 동생이 무사해서 진심으로 기쁜지 입가가 이완됐지만, 에스텔은 자기 때문에 언니와 조국이 불리한 상황을 강요받는다고 생각하는지 표정이 어두웠다.

"걱정하지 마. 네 잘못이 아니야. 절대로 이상한 마음 먹으면 안 된다."

실비는 에스텔의 손을 굳세게 잡고 호소했다.

"……네."

에스텔은 씩씩하게 웃으며 고개를 끄덕였다.

"저놈들이 이상한 짓을 하지는 않았어?"

"감금되긴 했지만, 성과 별 차이 없이 지내고 있어요."

"그렇구나……. 그럼 달리 힘든 일은?"

"없습니다. 저보다 언니 쪽이 걱정이에요. 만일의 상황이 되면 저는 그냥 버리세요."

"만일의 상황은 오지 않아, 절대로."

실비는 표정을 굳히고 결연하게 말했다.

"……고맙습니다."

에스텔은 가슴에 손을 대고 가련한 미소를 지으며 고개를 숙였다.

"시간 됐습니다."
레이스가 엘레나와 루시우스를 데리고 실비 뒤로 다가왔다.
"알았다."
실비는 탄식하고 몸을 돌려 레이스 옆에 있는 엘레나에게 다가갔다.
"전하, 받으시지요."
"그래."
엘레나는 바닥에 한쪽 무릎을 꿇고 실비에게 마검을 반환했다. 그때, 무사한 에스텔을 보고 작게 안도의 한숨을 내쉬었다.
"자, 에스텔 왕녀님은 저들 곁으로 돌아가 주세요."
레이스는 조금 떨어진 바위 옆에 후드를 쓰고 서 있는 세 남자를 응시했다.
"네."
에스텔은 고개를 끄덕이고 남자들에게로 돌아갔다. 실비 일행과 조금 멀어지고 남자들과의 거리가 10미터 정도 남았다.
그때, 남자들과 에스텔 사이의 거리를 밑변으로 뒀을 때, 세로로 긴 삼각형이 만들어지는 위치에 있는 바위 그늘에서 엄청난 속도로 그림자가 튀어나왔다.
그림자는 후드를 쓴 남자들과 에스텔 사이로 파고 들기 위해 질주했다. 그 손에는 할버드로 보이는 긴 무언가가 들려 있었다.

수수께끼의 그림자는 손에 든 긴 것을 한손으로 가볍게 치켜들며 남자들 앞을 가로막고 힘차게 땅을 내리쳤다.

"뭣……?!"

직후, 거대한 얼음벽이 에스텔과 후드를 쓴 남자들 사이에 생겨났다.

눈앞에 높이 몇 미터짜리 얼음벽이 나타나자 에스텔이 몸을 움츠렸다. 실비와 엘레나도 놀라서 눈이 커졌다.

'후후. 소문대로 결단력 있는 소년이군요. 덕분에 누가 잠복 중이라고 지적할 수고도 덜었어요.'

레이스는 기분 나쁘게 웃으며 에스텔 앞에 선 그림자를 응시했다.

◇◇◇

갑자기 후드를 쓴 세 남자와 에스텔 사이를 가로막으며 얼음벽을 만들어 분리시키려고 한 수상한 그림자. 에스텔 앞에 등을 보이고 선 그 인물의 정체는…….

"레, 렌지?!"

신장 코키토스를 다루는 용사 키쿠치 렌지였다.

"아니, 이게 어떻게 된 일이죠? 실비 전하."

레이스가 입꼬리를 비틀며 옆에 있는 실비에게 물었다.

"아, 아니, 이건……."

여관에서부터 쫓아왔나, 실비는 몹시 초조해하며 횡설수설했다.

"그건 내가 할 말이다."

렌지가 할버드를 어깨에 메며 다가와 말했다. 그리고 레이스 일당에게서 에스텔을 지키며 막아섰다.

"렌지 씨……."

에스텔은 눈을 깜빡이며 앞에 있는 렌지를 보았다.

"아니, 고고의 렌지 님. 이렇게 다시 보는군요. 그럼 당신에게 물어볼까요. 이게 대체 어떻게 된 일이죠?"

레이스가 뻔뻔하게 웃으며 렌지에게 물었다.

"……못 들었나? 그건 내가 할 말이다. 실비는 에스텔이 요양 중이라고 했거든. 왜 너희의 인질이 된 거지? 말해."

렌지는 얼굴을 찌푸리고 레이스를 노려보며 되물었다.

"그건 뭐, 인질이니까요."

레이스는 조금도 켕기는 게 없다는 듯 태연하게 인정했다.

"호오, 변명할 생각도 없다? 배짱 좋네."

"변명이고 뭐고 애초에 변명할 게 없습니다. 당신이야말로 상황 파악도 하지 않고 남의 일에 개입하고 멋대로 방해하다니 참 배짱 좋네요."

"무슨 상황인지 잘 알아. 누가 봐도 너희가 에스텔을 인질로 잡아 실비를 이용하는 상황이라 개입했다. 그리고 네가 그렇다고 인정했지."

울컥한 렌지가 미간을 찌푸리며 반박했다.

"그렇죠. 당신이 본 건 인질외교의 현장입니다."

"쓰레기가……. 실비, 엘레나, 이쪽으로 와. 에스텔을 확보했으니 저놈들을 따를 이유가 없잖아?"

렌지는 화난 눈으로 레이스를 노려보고 레이스 옆에 있는 실비와 엘레나를 불렀다.

"글쎄, 어떨까요?"

레이스가 웃으며 시치미를 뗐다.

"너한테 안 물었어."

"그렇습니까? 그런데 우리가 그걸 얌전히 지켜볼 것 같나요?"

레이스가 말하자 렌지가 만든 거대한 얼음벽 양쪽에서 후드를 쓴 남자들이 나타났다. 모두 검을 뽑아 들었다.

'같이 얼려버릴 작정으로 벽을 만들었는데 용케 피했군. 나름 움직일 줄 아는 놈들이야. 그런데 실비와 엘레나가 왜 위축되어있지?'

렌지는 재빠르게 다른 사람들을 관찰했다.

"……고고와 빙제로 불리는 나를 적으로 만들고 싶지 않다면 물러나. 어디서 굴러다니는 개뼉다귀인지는 몰라도 이런 데서 죽고 싶지는 않을 테지?"

진두에 선 레이스를 향해 말했다.

"싸구려 도발이네요."

"도발한 적 없는데?"

"아하. 타고 났군요."

"뭔 상관이야. 나를 상대하겠다면……."

렌지는 레이스 일당을 협박하듯 보란 듯이 할버드를 잡았다.

"당신은 소문보다 자기중심적인 사람인 것 같네요. 무모하고 급한 성질, 그리고 오만함. 교섭을 못 할 성격이에요. 하지만 이제 보니 제법 잘하는군요."

레이스는 위축된 기색 없이 태연한 얼굴로 박수 치며 렌지를 칭찬했다.

"너 나를 모욕하는 거야?"

"칭찬하는 거예요. 자신의 강한 힘을 살짝 보여주고 일방적으로 요구를 밀어붙이는 방식이 마치 약소국가를 상대하는 대국 같군요. 개인이 할 수 있는 게 아닙니다. 이런 상황에도 자기 뜻대로 밀어붙이려는 담력도 훌륭해요."

"그냥 세상 물정 모르는 바보겠지."

루시우스가 비웃으며 끼어들었다.

"저 남자부터 죽고 싶은가 보군."

렌지가 양손으로 든 할버드를 한 손으로 들어 끝으로 루시우스를 가리켰다.

"레이스. 저 건방진 애송이는 죽여도 되나?"

"흥이 좀 납니까?"

루시우스가 묻자 레이스가 득의양양하게 웃었다.

"……나 보고 애송이라고?"

렌지가 불쾌해하며 얼굴을 찌푸렸다. 요즘은 렌지를 애

송이나 꼬마라고 부르며 깔보는 놈이 없지만, 막 모험가가 됐을 때는 그러는 놈들 뿐이었다.

그래서 렌지를 애송이라고 깔보는 말은 금기어였다. 그렇게 깔봤던 사람은 지금까지 모두 호된 꼴을 당했다.

"그 '나'가 누군지는 몰라도 누가 봐도 애송이잖아. 모험가로 이름 좀 알렸다고 자신감 넘치는 꼴이 특히나."

루시우스가 코웃음을 치며 렌지를 깔봤다.

"내 외모 가지고 입을 놀린 놈들은 모두 따끔한 맛을 봤다. 너도 그렇게 되겠네."

"외모와 언행 둘 다 놀리는 건데 아이고, 무서워. 미안해, 도련님."

"헛소리를……."

렌지가 당장에라도 달려들 것처럼 살기를 내뿜으며 험악한 눈으로 루시우스를 노려보았다.

"자, 잠깐, 렌지. 서두르지 마."

실비가 황급히 말했다.

"……무슨 소리야? 실비. 이놈들이 에스텔을 인질로 잡아서 거스르지 못 한 거잖아?"

렌지가 당황해서 대답했다.

"그건……."

실비는 복잡한 표정으로 입을 다물었다.

'확실히 이 상황은 기회 같기도 해. 하지만 루비아 왕국은 프로키시아 제국을 적으로 만들어도 될 만한 국력이 없어. 지금 내가 기세를 타고 렌지에게 붙으면 보복으로 프로키시아 제국이 본격적으로 침공할지도 몰라. 그러면 몇 달도 안 돼서 우리나라는 멸망하겠지. 저번 연회 때 프로키시아 제국에 가담한 이야기를 유포하면 주변 국 사이에서 고립될 우려가 있어. 비밀리에 구출하면 모를까 이 상황에는…….'

생각이 지나친 것일 수도 있지만, 이 상황은 레이스의 함정이지 않을까? 에스텔과 만나는 것에 정신이 팔려서 지금 다시 생각해보니 렌지가 여관에서 들은 대화가 신경 쓰여 뒤따라올지도 모른다고 충분히 생각할 수 있었다.

그렇다면 지금은 실비 일행의 본의를 알아보기 위해 레이스가 만든 상황인가? 그렇게 생각하는 게 자연스러웠다.

실비는 아직도 동요하면서 필사적으로 머리를 썼다.

"왜 그래? 무슨 말이라도 해봐, 실비."

렌지가 조금 초조해하며 말했다.

"후후. 우리 관계는 인질이 어디에 있든 그렇게 쉽게 흔들리지 않습니다."

레이스가 실비 대신 대답했다.

"뭐……?"

렌지는 얼굴을 찌푸렸다. 저들이 아직 다른 걸로 협박하고 있다는 망상을 했다.

"렌지 씨. 저를 위해 움직인 당신의 마음은 정말 고마워요. 하지만 이건 우리나라 문제입니다. 제가 나라로 돌아간다고 해결되는 문제도 아니에요."

그러자 렌지 곁에서 침묵하던 에스텔이 각오하고 입을 열었다. 표정과 말투는 다정했지만, 동시에 안타까운 체념한 기색이 엿보였다.

"그러니까 말했지 않습니까. 당신은 무모하고 급한 성질에, 그리고 오만하다고. 당신은 당신의 힘으로 어떻게 할 수 없는 일에 발을 들인 겁니다."

레이스가 비웃으며 말했다.

"그리고 나도 말했을 텐데. 너는 세상 물정 모르는 바보일 뿐이라고."

루시우스도 재미있어하며 렌지를 자극했다.

"……."

렌지는 그 자리에 멈춰 서서 분노로 몸을 떨었다. 구해주겠노라고 호언장담하고 적이라고 생각한 상대에게 큰소리쳤는데 정작 구하려고 했던 에스텔이 도움을 거부했다. 아주 우스워보일 것이 뻔했다.

잠시 뒤.

"……나를 우습게 보지 마."

렌지가 입을 열었다.

"뭐?"

루시우스가 관심 없다는 듯이 대답했다.

"내 힘으로 어쩔 수 없는 일이라고, 정말 그렇게 생각해?"

렌지는 갈 곳 없는 분노로 눈을 번뜩이며 레이스와 루시우스에게 물었다.

"크크크, 역시 애송이군. 모험가에서 광대 연습생으로 전직하는 게 어때?"

루시우스가 웃음을 참으며 말했다.

"다시 말한다. 나를, 우습게 보지 마."

"우습게 보면 어쩔 건데?"

"너희가 가진 선택지는 두 개다. 여기서 이마에 피가 날 때까지 바닥에 머리를 조아리며 나에게 사과하고 실비와 에스텔에게 손대지 않겠다고 맹세하거나 이 자리에서 나를 죽이거나. 어떡할 거지? 너희가 정해."

렌지가 일방적으로 선택지를 들이밀었다.

"선택지는 그 외에도 얼마든지 있을 텐데?"

"호오."

루시우스와 렌지 사이에 살얼음판을 걷는 것 같은 긴장감이 서렸다.

"이, 이봐. 렌지, 바보 같은 짓 그만해!"

실비가 황급히 말렸으나…….

"미안하지만, 이건 이제 너희만의 문제가 아니야. 내 문제가 됐어. 나는 나를 우습게 보는 놈은 용서하지 않아. 모험가의 방식으로 처리해주지. 거기 안대 쓴 남자와 마른 남자, 너희는 특히 각오해."

우습게 보이면 진다. 렌지는 그것이 모험가라고 배웠다. 그래서 렌지는 실비의 말에 귀를 기울이지 않았다. 이제는 머릿속에 루시우스와 레이스를 향한 분노만 가득했다.
"뭐, 이 현장을 봤으니 우리도 당신을 얌전히 돌려보낼 생각은 털끝만큼도 없습니다."
레이스는 보란 듯이 호위로 동행한 루시우스를 보았다. 루시우스는 가볍게 어깨를 으쓱하고 허리에 찬 검에 손을 댔다.
"기다려, 레이스! 렌지에게는 내가 이야기하겠다."
실비는 어떻게든 일을 잘 마무리하려고 시도했다.
"……실비, 내가 이런 놈들에게 질 것 같아?"
렌지가 벌레 씹은 얼굴로 물었다.
"네가 루비아 왕국의 내로라하는 모험가인 건 잘 알아. 하지만 네가 여기 있는 자들을 죽이면 우리도 남일 취급할 수 없다. 이해해줘."
실비가 호소했다.
"그거 대단하네. 본인 구역에서는 내로라한다니."
"렌지를 자극하지 마!"
루시우스가 조롱하자 실비가 비난했다.
"저 녀석은 살기등등한데?"
"그래, 난 누구의 지시도 받지 않아."
렌지가 위세 좋게 선언했다.
"크윽……."
실비가 초조해했다.
"흠. 아무래도 실비 전하는 고고로 이름 높은 저자의 실력을 높게 사는 모양입니다. 협정 상대인 우리의 실력을 선보일 좋은 기회 같군요. 그래서 말인데 내기를 해보지 않겠습니까?"

레이스가 지금 생각난 것처럼 이야기를 꺼냈다.

"내기?"

이런 상황에 무슨 말인가, 실비는 얼굴을 찌푸렸다.

"실비 전하에게 나쁜 이야기는 아닙니다. 저기 있는 고고와 제 호위 루시우스가 한 판 붙어서 승리한 쪽의 조건을 받아들이는 겁니다. 그래요. 고고가 이기면 조건 없이 에스텔 전하를 돌려보내겠다고 약속하지요. 그리고 오늘 저자가 개입한 것도 불문에 부치겠습니다."

"……갑자기 무슨 생각이지?"

실비는 경계하는 시선을 던지며 물었다.

"저는 고고가 개입했을 때 당신이 우리를 배신하지 않은 것을 높이 평가합니다. 신뢰 관계 형성에 크게 기여한 증거로써 상응하는 것을 마련했을 뿐입니다."

"그럼 내가 싸우게……."

"아니, 내가 싸워."

실비가 결투에 난색을 보이려고 하자 렌지가 말을 끊었다.

"렌지……."

"말했잖아. 이건 이제 내 싸움이라고. 이렇게 바보 취급당하고 물러날 생각 없어."

"정리됐군요."

레이스는 기분 좋게 웃었다.

"내기에 이의는 없지만, 싸우는 건 나다. 조건을 추가하지."

"뭐든지."

렌지가 조건을 추가하겠다고 요구하자 레이스가 흔쾌히 승낙했다. 실비는 괴로운 표정을 지었다.

"흥. 내 조건을 말하기 전에 저 안대 쓴 남자가 나를 이겼을 때의 조건을 말해봐."

렌지는 먼저 상대의 조건을 확인했다.

"루시우스가 승리하면 우리의 요구는 딱 하나. 앞으로 고고, 당신은 제 부하가 되고 제 명령을 따라야 합니다. **제가 지정한 상대와 싸운다든가 말이죠.**"

레이스는 곧바로 조건을 밝혔다.

"……좋아. 대신 저 안대 쓴 남자가 나한테 졌을 때는 너희 재산을 전부 바치고 내 노예가 돼라."

"후후후, 좋습니다. 이제 정리된 걸로 하죠. 결투 전에 할 말이 있다면 편히 하세요. 에스텔 왕녀도 잠깐 그쪽으로 데려가도 괜찮습니다."

내용만 보면 렌지의 요구 조건이 레이스가 요구하는 조건보다 훨씬 가혹했지만, 레이스는 대담하게 웃으며 흔쾌히 승낙했다. 그리고 루시우스와 함께 실비 일행의 대화가 들리지 않을 정도로 멀어지기 시작했다.

"……어이, 레이스."

루시우스가 기분 나쁜 목소리로 레이스의 등에 대고 말

을 걸었다.

“어라, 설마 질 것 같습니까?”

“아니.”

“……안심하세요. 당신이 이겨도 고고를 이용해 당신의 복수에 찬물을 끼얹는 짓은 하지 않겠습니다. 지면 곤란하니 전면적으로 백업할게요.”

레이스는 루시우스의 불만이 뭔지 잘 아는지 어깨를 으쓱하며 덧붙였다.

“그 백업이 필요 없다는 말이다.”

리오 이야기가 나왔기 때문에 루시우스의 분위기가 바뀌었다. 뼛속까지 서늘한 목소리로 레이스를 위협했다.

“어라. 왼쪽 눈과 왼팔이 가장 큰 백업인데 설마 안 쓰고 복수하려고요?”

“……닥쳐.”

레이스가 가볍게 반응하자 루시우스는 더 분노했다.

“이런. 정말 화가 많은 사람이네요. 하지만 그가 어디 있는지 찾는 게 더 중요잖아요? 저를 좀 더 믿어줬으면 좋겠네요.”

“난 널 알아. 넌 태연하게 거짓말을 하고 남의 신용을 얻고서 태연히 의표를 찌르는 남자다.”

“너무하네요.”

“하지만 그 녀석 일을 빼면 네가 어떤 남자든 상관없어. 그러니까 그 놈이 어디 있는지 당장 말해.”

"계속 말했잖아요. 어디 있는지 조사 중이라고. 벨트람 왕국 제1 왕녀를 레스토라시온으로 데려다주고 어디론가 떠난 후 흔적을 못 찾고 있어요. 그는 여기저기 방랑하는 사람이라고요."

레이스는 한숨을 쉬며 말했다.

"그럼 너와 같이 움직일 이유가 없는데."

자기는 단독행동도 괜찮다고 루시우스가 넌지시 말했다.

"계획이 있습니다. 그리고 당신이 좋아할 수법도 있어요. 당신이 자력으로 찾는 것보다 훨씬 효율적이라고 자부해요. 당신이 저와 동행한다면 모를까 동행하지 않는다면 당신을 제외하고 손을 쓰겠습니다?"

"나에게 선전포고하는 건가?"

"유감이네요. 이 싸움도 당신을 위해 사랑하는 그와의 전초전으로 준비한 건데. 요즘 요양하느라 실전의 감이 떨어졌죠?"

"……흥이 깨졌어."

루시우스가 오랫동안 요양하느라 실력이 떨어진 것은 사실이었다. 그리고 렌지 같은 상대를 뭉개면 다소 기분 전환은 될 것 같았다. 그러나 지금 이 전개가 전부 레이스가 의도한 상황이라고 생각하니 단숨에 흥이 깨졌다.

"그런 말 말고 눈과 팔 성능을 실전에서 확인해야 하니 이번 전투를 활용해봐요. 당신이 지면 저자의 노예가 된다고요, 우리."

레이스는 피식 웃었다.
“내가 질 것 같나?”
“아뇨. 저자가 용사로 각성하지 않았다면 당신이 질 가능성은 없습니다.”
“흥. 빨리 끝내자. 저쪽도 준비된 모양이고.”
루시우스가 걸음을 멈추고 돌아서며 말했다. 렌지도 실비 일행과 필요한 대화를 마쳤는지 루시우스와 레이스를 날카롭게 쳐다보았다.
“그럼 시작할까요?”
레이스와 루시우스는 다시 렌지 일행에게 다가갔다.

주위에 바위가 점재한 광활한 초원에서 렌지와 루시우스는 서로를 노려보았다. 근처에 레이스와 실비가 있고 수십 미터 떨어진 곳에는 에스텔과 엘레나, 후드를 쓴 세 남자가 있었다.
“그럼 간단하게 설명하겠습니다. 승리 조건은 상대의 항복을 받아내거나 기절시켜 전투 불능으로 몰아넣는 것. 일단 살인은 하지 않는 것으로 하되 죽여도 패널티는 없습니다. 다른 의견 있습니까?”
레이스가 대강 설정한 규칙을 두 사람에게 알려줬다.
“호오. 내 능력으로는 기절시키기 어려운데…… 죽여도

괜찮다니 고맙네."

드디어 눈앞에 있는 남자를 힘으로 눌러버릴 수 있어서 그런지, 자신의 승리를 의심하지 않는지, 렌지가 기분 좋게 냉소했다. 신기하게도 분노가 가라앉고 기분이 고양됐다. 그야말로 최고의 컨디션이었다.

"죽일 기세로 덤벼도 상관없어. 그 할버드의 힘도 쓰고 싶을 만큼 써. 아까워하지 말라고."

루시우스가 대담하게 대답했다.

"처음부터 그럴 작정이었는데…… 그렇게 말했으니 첫 공격 정도는 버텨줘. 대부분의 적은 한방에 정리돼서 지루하거든."

렌지는 과장된 한숨을 내쉬며 한탄했다.

"그래. 기대해."

루시우스가 허리에 찬 검집에서 칠흑의 검을 왼손으로 뽑았다. 그리고 왼쪽 눈을 가린 안대도 풀었다.

모든 색을 집어삼킬 듯한 암흑으로 물든 안구가 나타났다. 동공도 홍채도 각막도 식별되지 않았다. 마치 왼쪽 눈이 어둠에 뒤덮인 것 같았다.

'왼손잡이인가……. 붕대로 감싼 왼팔도 어마어마한데…… 이세계의 중2병 환자인가? 그리고 칠흑의 검……은 그렇다 치고 뭐야, 저 소름끼치는 검은 눈은? 저런데 보이나?'

렌지는 기분 나빠하며 루시우스를 보았다.

"어이, 뭘 멍하니 서 있어? 무섭냐?"

루시우스가 입가를 씩 뒤틀며 물었다.

"아니, 그 왼쪽 눈과 왼팔, 그 검. 어마어마해 보이는데 겉만 멀쩡한 거면 웃겨서."

렌지도 비웃었다.

"시간이 아까우니 대화는 거기까지. 제가 이 돌을 던질 테니 바닥에 떨어지면 시작해주세요. 자, 둘 다 멀어지세요. 우리도 물러나죠."

레이스는 실비를 데리고 에스텔 일행이 있는 곳으로 걸어갔다. 20미터 정도 거리를 두고 "던집니다."라고 외치고 손바닥 크기의 돌을 던졌다. 돌은 포물선을 그리며 렌지와 루시우스 사이로 낙하했다.

렌지가 눈 깜빡할 사이에 루시우스와 10미터 거리를 좁히고 손에 든 할버드를 힘차게 내리쳤다.

루시우스는 속도에 반응해 필요한 만큼만 후퇴했다. 끝에 달린 도끼날이 루시우스의 얼굴을 아슬아슬하게 스쳤다.

"헤에, 이 속도에 반응하는군. 하지만 죽어라."

렌지가 감탄한 순간, 10미터 앞, 몇 미터 높이의 공간이 순식간에 얼어붙으며 거대한 얼음덩어리가 나타나 루시우스를 집어삼켰다.

"흥, 입만 산 자식이……. 하아아아아아아앗!"

렌지는 분노를 쏟아내듯 중얼거리고 신장에 마력을 주입해 육체를 강화한 후 얼음덩어리를 향해 할버드를 전력으로 휘둘렀다.

기합과 공격. 할버드가 부딪힌 순간, 엄청난 소리가 울려 퍼졌다. 할버드는 얼음덩어리에 충돌하고 멈추기는커녕 얼음덩어리를 부쉈다.

렌지는 눈을 감고 웃으며 할버드를 고쳐 잡아 오른쪽 어깨에 올렸다.

"끝났군. 그렇게 큰소리 쳐놓고 설마 모험가 길드에 굴러다니는 전형적인 잔챙이와 비슷한 실력일 줄은……. 진짜 흥 깨지네. 차라리 노예로 삼고 사과받는 편이 재미있었겠어."

렌지는 우쭐하며 혼잣말을 했다.

"그러게 말이다. 설마 이렇게 멍청할 줄이야."

이곳에 있을 리 없는 사람의 목소리가 들렸다.

지금 막 죽인 남자의 목소리였다.

"뭐?! 지……?"

렌지는 황급히 돌아봤다.

그러자.

털썩. 무언가가 떨어지는 소리가 났다.

순간, 렌지는 좌반신이 가벼워지는 듯한 이상한 위화감을 느꼈다. 렌지가 돌아본 곳에는 칠흑의 검을 든 루시우스가 서 있었다.

"기대를 벗어난 정도가 아니라 흥이 깨졌어. 이래서는 그놈과의 전초전도 못 돼."

루시우스가 따분하다는 얼굴로 말했다.

렌지는 말도 안 된다는 표정으로 루시우스의 얼굴을 쳐다봤다. 그리고 소리가 난 바닥으로 시선을 향했다. 그곳에는 렌지의 옷과 같은 색 옷을 입은 팔이 떨어져 있었다. 이게 대체, 뭐지?

"……팔? 내, 왼, 팔?"

렌지는 몹시 혼란해하며 자신의 왼팔이 있어야 하는 부위를 봤다. 그곳에 있어야 하는 부위는 보이지 않았다. 대신 엄청난 양의 빨간 액체가 뿜어져 나와 바닥을 적셨다.

"렌지──!"

잠시 뒤, 멀리서 익숙한 소녀의 비명이 들렸다. 렌지가 그쪽을 보자 실비가 하얗게 질려서 달려오려는 모습이 보였다. 레이스와 후드를 쓴 세 남자가 그 앞을 가로막고 접근을 방해했다.

"어이."

루시우스가 렌지의 목을 오른손으로 움켜잡고 그 작은 몸을 가볍게 들어 올렸다.

"컥……!"

렌지는 고통스러운 신음을 흘렸다. 숨을 쉴 수 없어 그제야 지금 벌어진 일을 현실로 인식했다.

"팔 한 짝 날아간 정도로 뭘 멍 때리고 있어? 어?"

"커헉, 으흑……!"

루시우스가 오른손에 힘을 주자 렌지의 얼굴이 고통스

럽게 일그러졌다. 힘이 빠지고 오른손에 든 할버드가 둔탁한 소리를 내며 바닥에 떨어졌다.

"분해? 분하겠지. 잘 알아. 나도 이 왼팔을 볼 때마다 그 놈의 얼굴이 어른거리거든. 그러니까 그놈의 왼팔 하나를 빼앗는 걸로는 부족해. 왼쪽 눈을 도려내도 부족해. 쉽게 죽어도 안 돼. 그러니까 그놈의 눈앞에서 그놈의 모든 것을 빼앗아주겠어. 반쯤 죽여놓고 못 움직이게 만든 다음 놈을 데리고 다니면서 놈의 소중한 사람들을 전부 눈앞에 끌고 와주겠어."

루시우스는 몹시 흥분했는지 핏발 선 눈으로 원망을 뱉어냈다.

"윽, 아악, 으아……."

렌지의 의식이 멀어지는지 눈빛이 흐려졌다.

"지금 네 얼굴을 보니 그놈의 얼굴이 어른거려. 너로 예행연습을 해주마. 그러니까 이 정도로 편하게 기절할 거라 생각하지 마. 야, 듣고 있냐, 어?! 멋대로 기절하지 마!"

루시우스가 거친 목소리로 일방적으로 렌지에게 말하더니 부서진 얼음덩어리 구멍을 향해 렌지를 있는 힘껏 집어 던졌다. 부서져서 약해졌는지 하늘 위에 있던 얼음이 소리를 내며 렌지에게 쏟아졌다.

"……."

몇 초 동안 침묵이 이어졌다.

어느 순간, 바닥에 떨어졌던 렌지의 할버드가 소멸했다.

고 생각한 그 때——

"웃기지, 마아아!"

렌지가 얼음덩어리에서 뛰쳐나왔다. 오른손으로 할버드를 쥐고 분노로 이성을 잃은 눈으로 루시우스에게 달려들었다.

"흥."

아직 거리가 있는데 루시우스가 왼손에 든 검을 휘둘렀다. 그 순간, 렌지가 균형을 잃고 앞으로 고꾸라졌다.

"윽?!"

황급히 멈추려고 했지만, 균형을 잃고 다시 넘어졌다. 다시 일어나려고 했지만, 또 넘어졌다.

도저히 버틸 수가 없었다. 렌지의 다리는 무릎까지 날아갔기 때문에…….

"다리를 봐봐."

루시우스가 즐거워하며 말했다.

"어느, 틈에?! 커헉!"

렌지는 엎드린 채로 놀라서 하반신을 봤다.

루시우스가 눈앞에 서서 렌지의 얼굴을 있는 힘껏 걷어차올렸다. 렌지의 몸이 몇 미터 떠올랐다.

"이 정도로는 안 끝나!"

루시우스는 렌지 밑에 서서 떨어지는 렌지의 몸을 위로 걷어찼다.

"으헉……!"

렌지의 몸이 다시 공중으로 떠올랐다. 아래에 있던 루시우스가 멀어지는 게 보였다. 순간, 루시우스가 시야에서 사라졌다.

"어딜 보는거야?"

위에서 루시우스의 목소리가 들리더니 등에 강한 충격이 가해졌다. 루시우스가 발로 렌지의 등을 있는 힘껏 내리찍었다.

"아……?!"

렌지의 몸이 빠르게 낙하했다. 대비도 못한 채 바닥에 충돌했다. 오른손에 든 할버드를 또 놓쳤다. 충격으로 렌지의 몸이 튕겨 나가는 사이 루시우스가 눈앞에 섰다.

"여."

루시우스는 밝게 말하며 렌지의 목을 잡아 들어 올렸다. 그리고 목을 잡은 오른손에 힘을 실었다.

"힉……!"

이때, 렌지의 눈에 처음으로 공포가 깃들었다. 그것을 뒷받침하듯 바닥에 떨어진 신장 코키토스가 사라졌다.

루시우스는 그것을 놓치지 않았다.

"싸움 걸 상대를 잘못 골랐네?"

렌지를 바닥에 내던졌다.

"윽, 으…… 하, 항, 으악?!"

렌지는 죽을 힘을 다해 오른손으로 기어 루시우스와 멀어지려고 하며 항복을 선언하려고 했다.

그러나 그 전에 루시우스가 렌지의 등을 있는 힘껏 밟았다.

"응? 뭐라고?"

"하, 항보오옥……!"

밟는 힘이 세지고 렌지는 비명을 질렀다. 그러자 정면에서 루시우스를 향해 몇 줄기의 광선이 날아왔다.

정확한 조준으로 루시우스의 몸을 꿰뚫으려고 했다.

광선이 날아온 곳에는 레이피어형 마검을 뽑은 실비가 공격을 마친 자세로 서 있었다.

"뭐야?"

루시우스가 왼손에 든 검을 휘두른 순간, 어둠이 팽창해 광선을 전부 삼켜버렸다.

그러자 실비가 루시우스를 향해 돌진하며 수십 미터 떨어진 곳에서 눈에 담을 수 없는 속도로 허공을 찌르기 시작했다.

직후, 레이피어 끝에서 날카로운 광선들이 사출됐다. 전부 정확하게 루시우스의 몸을 노렸다.

"핫."

루시우스는 냉소하더니 실비가 쏜 광선과 정면으로 대치했다. 가볍게 검을 휘둘러서 어둠을 뿌려 광선을 집어삼켰다.

실비는 그래도 마검으로 광선을 날렸다. 그들의 거리가 10미터까지 좁혀졌다.

"여, 돌려주마."

루시우스가 실비를 향해 검을 겨누었다.

"윽?!"

그 순간, 실비가 쏜 광선과 똑같은 공격이 사방에서 실비를 향해 날아들었다. 돌진하던 실비의 속도가 느려졌다. 급히 방향을 바꿔 피하려고 했지만, 피한 곳으로도 광선이 날아들었다. 도망갈 곳을 찾다가 여러 각도에서 광선이 날아오는 것을 깨달았다. 그 때문에 실비가 늦게 반응했다.

"큭……!"

하다못해 최소한의 대미지만 받게 광선을 최대한 피하려고 했다. 그러나 실비가 정신 차린 순간에는 이미 광선의 포위망을 벗어난 곳에 서 있었다.

"무슨……!"

내가 대체 언제 이동했지? 실비는 넋이 나가 할 말을 잃었다. 바로 옆에는 레이스가 서 있었다.

"장난이 지나치군요. 실비 전하를 죽일 셈입니까."

레이스가 루시우스를 보고 어이없어하며 말했다.

"방해하지 마. 너 그 여자를 일부러 안 막았지?"

루시우스가 콧방귀를 뀌고 지적했다.

"저자를 너무 다치게 해도 되나 싶어서요. 결투는 실비 왕녀의 개입으로 고고, 렌지의 반칙패로군요."

레이스가 바닥에 쓰러진 렌지를 보며 말했다.

"아, 으아……."

렌지는 아직 간신히 의식이 있는지 살짝 눈을 뜨고 신음을 흘렸다.

"레, 렌지! 큭……!"

실비는 정신을 차리고 렌지에게 달려갔다. 전투 중에는 신체 강화로 육체 강도가 상승됐겠지만, 의식을 잃기 직전인 지금도 강화가 유지되지는 않을 터였다.

육체 손상과 출혈이 너무 심해서 아무리 봐도 살릴 수 있을 것 같지 않았다. 실비는 너무나 처참한 렌지의 모습에 몸을 떨며 루시우스를 노려봤다.

"이봐, 합의된 결투였어. 날 노려보면 안 되지. 이 녀석이 항복하지도 않았잖아?"

안 한 게 아니라 하지 못 하게 했다. 루시우스는 쓰러진 렌지를 내려다보며 코웃음쳤다.

"팔다리를 잘랐을 때 누가 봐도 결판이 났었다! 너, 렌지를 죽일 셈이었지?"

"그렇게 따지면 이 녀석이나 나나 똑같지. 이 녀석도 첫 공격부터 망설임 없이 나를 죽이려고 했으니까."

"……."

렌지가 첫 공격에 루시우스를 살해하고 결투를 끝내려고 한 게 맞는지라 실비는 말문이 막혔다.

"둘 다 싸움은 그 정도만 하세요. 이 정도로 죽을 사람 아닙니다. 아니, 못 죽죠."

어느 틈에 날아간 렌지의 팔다리를 주워온 레이스가 험악한 두 사람을 타일렀다.

"이 정도, 라고?"

팔다리가 잘린 렌지를 보고 실비가 격앙했다.

"네. 그는 용사니까요."

"뭐……?"

이어진 레이스의 말에 할 말을 잃었다.

'내가 용사라는 걸, 어떻게…….'

한편, 렌지는 흐릿한 의식 속에 의문을 품었다.

그러나 그 의문을 끝으로 그의 의식이 끊겼다.

"이 정도로 의식을 잃다니 용사로 각성하지 않았다는 증거입니다. 아직 한참 미숙하네요."

레이스가 렌지의 잘린 팔다리를 원래 위치에 붙였다. 그러자 흡수되듯이 렌지의 팔다리가 점점 붙기 시작했다.

"……?!"

실비는 경악하며 숨을 삼켰다.

"보세요. 이 정도로는 안 죽어요."

레이스는 처음부터 알고 있었다는 듯이 득의양양하게 웃었다.

'각성하지 않아서 그런지 회복 속도가 더딘데……. 아직 인간이라는 틀에 얽매여 있는 것 같네요.'

이런 생각을 하며…….

"뭐, 뭐냐, 이게?! 뭐냐?! 레이스! 너 처음부터 렌지가 용사인 줄 알고 있었나?!"

실비가 착란이라도 일으킨 듯 아우성쳤다.

"그러는 당신도 어렴풋이 고고의 정체를 눈치채고 있지 않았습니까? 가르아크 왕국의 연회에서 다른 용사를 만나 보고 알았죠?"

레이스가 다 아는 것처럼 말했다.

"……너, 렌지에게 무슨 짓을 시킬 셈이냐?"

냉정한 레이스를 보고 다소 냉정함을 되찾았는지 실비가 괴로운 표정으로 물었다.

"약속대로 제 부하가 돼줘야겠습니다."

"용사를 부하로 삼는다고?"

"불경한가요? 참고로 저는 그의 정치적 이용가치보다도 잠재적인 전투능력을 높이 삽니다. 우수한 전투원은 아무리 많아도 부족한지라."

얼굴을 찌푸린 실비에게 레이스가 기분 나쁘게 웃으며 대답했다.

"……."

실비는 아무 말 하지 않았다.

"경계하지 마시죠. 여러분에게 저자의 힘을 쓰지는 않을 겁니다. 같은 편인 동안은 말이죠."

즉, 적대하면 봐주지 않겠다는 말이었다.

"그럼 갈까요? 에스텔 전하의 신병은 계속 이쪽에서 맡겠습니다만, 신뢰의 증거를 겸해서 친구인 고고의 신병은 실비 전하가 맡아주세요. 그에게 자신이 처한 상황을 잘 설명해주세요."

레이스는 그 말을 남기고 걸음을 뗐다. 루시우스도 패배한 렌지에게 조금의 관심도 보이지 않고 떠났다.

잘린 렌지의 팔다리는 잘 붙었고 출혈도 멈췄다.

'렌지…….'

실비는 안타까운 표정으로 기절한 렌지를 끌어안고 레이스 일당을 뒤쫓았다.

◇◇◇

렌지가 루시우스에게 패배한 그날 밤. 루시우스과 레이스는 루비아 왕국의 제2 왕녀 에스텔을 데리고 프로키시아 제국 성으로 귀환했다. 의식을 잃은 렌지는 실비 왕녀의 손으로 왕성으로 옮겨졌다.

루시우스는 성에 있는 자기 방에 틀어박혀 창가에 앉아 얼굴을 잔뜩 찌푸리고 자료를 읽었다.

리오에 관한 정보가 기록된 보고서였다. 레이스가 니들과 대화하는 동안 보라고 줬다. 루시우스는 쓸만한 정보가 있을까 싶어 그 보고서를 계속 반복해서 읽었다. 그러는 사이…….

"오래 기다리셨습니다."

레이스가 니들과 볼 일을 마치고 루시우스의 방을 찾아왔다. 방에 들어와 그 자리에 우두커니 서서는 창가 의자에 앉은 루시우스를 보았다.

"성에서 누가 전이결정을 쓴 모양이군."

루시우스가 보고서를 읽으며 물었다. 조금 전, 공간마술을 쓸 때 흩어지는 오드와 마나의 파동을 느꼈다.

"역시. 알레인과 루치, 벤에게 일을 맡겼어요. 벨트람 왕국의 로다니아로 보냈습니다."

"너 무슨 속셈이냐?"

루시우스가 그제야 얼굴을 들어 레이스를 날카롭게 노려보았다.

"여전히 믿음이 없네요. 속셈이고 뭐고 당신의 인연인 검은 기사의 소재를 알아보게 한 게 다예요. 그에 관한 정보는 보고서로 만들어 넘겼고 지금도 대량생산이 어려운 전이결정을 써서 당신의 심복을 정보 수집하러 보냈으니 이제 그만 좀 믿어줬으면 좋겠네요."

"그건 지금부터 네가 설명하는 것에 달렸지. 루비아 왕국에 가서 네게 협력하면 누구에게도 방해받지 않고 리오 자식과 싸울 자리를 만들어주겠다고 네가 말했지?"

"네. 약속 어길 생각 없습니다."

레이스가 망설이지 않고 고개를 끄덕여 보였다.

"하지만 오늘 그 애송이와 싸울 때는 마지막에 방해했다."

루시우스가 실비 왕녀가 개입했을 때를 떠올리고 지적했다.

"방해한 건 제가 아니라 실비 왕녀였죠."

"웃기지 마. 너라면 그 여자가 방해하는 걸 막을 수 있었을 텐데."

"부정하지 않겠습니다. 하지만 도가 지나치면 개입하겠다고 가기 전에 말했잖아요. 그 자리에서 실비 왕녀의 개입을 허락한 건 자칫하면 그를 너무 궁지로 내몰아서 용사로 각성할 수도 있었기 때문이에요."

"……그럼 리오와 싸울 때는 어떡할 거냐? 네 말대로 그 놈과의 결전지를 만들어놓고 내가 싸우는 도중에 방해할 거냐?"

레이스는 전장에 본인이 개입하지는 않아도 실비의 돌격을 용인한 것처럼 아무렇지 않게 다른 누군가를 개입시킬 남자였다. 루시우스는 그렇게 생각했다.

"이미 말했잖아요. 누구에게도 방해받지 않고 싸울 수 있는 자리를 마련하겠다고."

"하지만 넌 나와 녀석이 다시 붙으면 내가 진다고 믿지."

루시우스는 그게 마음에 들지 않았다. 그리고 레이스의 개입을 의심하는 근거이기도 했다.

"……확실히 불리하다고 생각합니다. 하지만 그가 인간이라면 찔러볼 틈이 얼마든지 있어요. 제가 말했을 텐데요. 루비아 왕국 일에 협력하면 준비한 계획을 설명하겠다고. 용사 렌지와 싸우기 전에도 말했지만, 당신이 좋아할 계획도 짰습니다."

"그럼 그걸 말해봐."

"네."

"하지만 그 전에 하나 확인해두자."

"뭐든지요."

레이스가 어깨를 으쓱하며 고개를 끄덕였다.

"너 사실은 이미 리오가 어디 있는지 알지?"

루시우스가 단도직입적으로 물으며 레이스의 표정 변화를 살폈다.

"아뇨, **현시점의 구체적인 장소까지는**……. 그도 그럴 게 그는 자유롭게 하늘을 날아다닐 수 있어서 이동도 월등히 빨라요."

레이스는 안색 하나 바꾸지 않고 지금까지 설명한 것과 큰 차이 없이 말했다.

"그놈이 어디 있는지도 모르는데 넌 준비하겠다고 하는군. 이번에 예상을 벗어난 말을 하면 난 혼자서 움직이겠어. 이 이상 네 시간 벌기에 어울려줄 생각 없어."

루시우스는 약속을 지키라고 위협했다.

"알겠습니다. 다만, 제 설명을 듣고 헛된 시간을 보낸 게 아니라고 이해하거든 적절한 타이밍이 올 때까지 얌전히 기다려주세요. 당신이 단순히 죽기 서두르는 남자라면 결전지 이야기는 파기하겠습니다."

레이스는 레이스대로 보기 드물게 진지하게 말했다.

둘은 잠시 서로를 정면으로 쳐다보았다.

"……좋아."

루시우스는 레이스에게서 눈을 떼지 않고 고개를 끄덕

였다.

"그럼 설명하겠습니다. 만일의 상황을 대비한 보험으로 검은 기사와 가까운 인물을 납치할 생각입니다. 그리고 그 보험을 확보하면 당신과 그의 싸움을 방해하지 않겠다고 약속합니다."

레이스는 곧바로 계획을 설명했다.

"흠. 그 녀석이라면 리오가 어디 있는지 알 수도 있겠군. 나쁘지 않은 이야기야."

루시우스도 인질 확보가 쓸만한 방법이라고 생각했다.

"말은 쉽죠. 이 계획에는 문제가 있습니다."

"그렇겠지."

루시우스가 즉각 맞장구를 쳤다. 레이스라는 남자는 실행할 수 있는데 실행하지 않는 얼간이가 아니었다. 그쪽으로는 믿음이 있었다.

"일단 인질로 쓸 수 있는 후보자 일부는 어디 있는지 특정했습니다. 검은 기사에 관한 자료를 봤다면 알겠지만, 후보자가 실력자이거나 그 주위에 실력자가 있거나…… 손 댈만한 말이 좀체 없어요. 자칫 실수라도 하면 그를 완전히 적으로 돌릴 우려도 있으니 실행한다면 확실하게 성공시키고 싶습니다. 그리고 저와 당신이 협력해서 인질을 확보하고 싶어요."

레이스는 큰 한숨을 내쉬었다.

"……누구를 노리지?"

"제1 후보는 세리아 크렐. 알겠지만, 그가 리오로서 벨트람 왕립학원에 다닐 무렵의 은사인데 지금은 레스토라시온 소속으로 로다니아에 있습니다. 하지만 검은 기사가 그녀를 무방비하게 두지는 않을 테니 계약 정령을 호위로 붙였을 가능성이 큽니다. 그래도 노린다면 이 사람이죠."

"이유는? 녀석의 계약 정령이 강할지도 모르잖아?"

"가장 큰 이유는 단순명쾌해요. 인질은 가녀린 여성일수록 좋잖아요? 그 인간형 정령이 아무리 강해도 혼자서 대응할 수 없는 일도 있습니다. 걸림돌이 있으면 해볼만 하다는 거죠."

"……그렇군."

루시우스는 조금이지만, 이 자리에서 처음으로 유쾌한 웃음을 흘렸다.

"그의 계약 정령은 위협적이지만, 방해받지 않는 상황에서 저와 당신 둘이서 싸우면 승산이 있을 겁니다. 납치는 충분히 할 수 있죠. 세리아 크렐이라면 정치적 거래도 할 수 있으니 일거양득이기도 합니다."

레이스도 입가를 비틀어 씩 웃었다.

"핫, 욕심 많은 놈이로군."

루시우스가 다 아는 것처럼 비웃었다.

"제게도 득이 있어야 의심하지 않을 거잖아요?"

레이스도 루시우스를 잘 아는 것처럼 말했다.

"흠, 뭐……."

"어떻습니까? 점잖고 상투적인 방법이라 미안하지만, 인질은 당신도 즐겨 쓰는 방법입니다. 인질만 확보하면 제가 당신을 방해할 걱정도 없어요. 나쁜 이야기가 아닌 정도가 아니라 가장 합리적인 제안이라고 생각하는데요."

인질 확보에 협력하겠습니까? 레이스가 루시우스에게 매력적인 조건을 제시하고 물었다.

"……좋아. 인질을 잡는다."

루시우스는 조금 불만스러운 표정을 보이면서도 고개를 끄덕였다.

"아주 좋아요."

레이스의 입꼬리가 기분 좋게 올라갔다.

"흥. 납치 날짜는 언제로 잡을 거지?"

루시우스가 가볍게 콧방귀를 뀌고 물었다.

"갑작스럽지만, 이틀 뒤에 할 예정입니다. 그래서 알레인 일행을 먼저 보냈죠. 만약을 위해 내일 하루 동안 세리아 크렐의 정보를 모으게 하고 상황이 괜찮으면 실행합니다."

"처음부터 끝까지 계산 끝. 네 생각대로라는 건가."

마음에 안 드는 듯이 루시우스가 얼굴을 찌푸렸다.

"과대평가입니다. 검은 기사에 한해서는 계속 틀리니까요. 우리가 이 성에 머무는 동안에도 새로운 오산이 발생했고……."

레이스가 한탄하며 말했다.

"어젯밤, 성에 도둑이 든 모양이군. 심지어 니들이 싸우고 놓쳤다던데."

루시우스가 기습처럼 이야기를 꺼냈다.

"……어라, 알고 있었습니까? 니들 씨가 함구령을 내렸다고 해서 협력의 증거로 지금 말하려고 했는데요."

레이스가 자못 놀랐다는 듯이 눈을 크게 떴다.

"뻔뻔한 놈. 리오가 이 성에 오는 것도 네 예상대로라는 건가? 너, 아까 그놈이 어디 있는지 모른다고 했을 텐데."

루시우스가 언성을 높이며 추궁했다.

"전자는 오산이에요. 제가 프로키시아 제국 대사니까 당신과의 연결고리를 찾아 왔겠죠."

레이스는 시치미 뗀 얼굴로 모른 척했다. 루시우스는 레이스가 제도와 연락을 자주 주고받는다는 것을 알았다. 리오가 제국 성에 왔다는 정보를 입수하고 성으로 돌아왔다고 생각했다.

"……그럼 후자는?"

하지만 시치미 뗀다고 생각했는지 루시우스는 전자를 깊이 파고들지 않았다. 불만스럽지만, 지금은 말하지 않는 편이 상책이었다.

"거짓말 아닙니다. 현시점의 구체적인 장소는 모르니까요. 다만, 니들 씨가 기지를 발휘해서 목적지를 특정했습니다."

"어디지?"

루시우스가 증오로 눈을 빛내며 리오의 목적지를 물었다.

"그렇게 무섭게 안 노려봐도 안 숨깁니다. 그는 파라디아 왕국의 듀란 왕자를 만나러 갔습니다. 니들 씨가 당신이 얼마 전까지 일했다는 정보를 쥐여줬다더군요."

"파라디아……. 나쁘지 않아. **운이 따르는 모양이야.**"

간신히 리오의 발자취를 알아냈기 때문인지 루시우스가 살짝 미소 지었다.

"저는 그가 듀란 왕자와 접촉할 때를 대비해 지금부터 파라디아 왕국으로 갈 테니 당신은 언제든 싸울 수 있게 성에서 얌전히 대기하세요. 바로 돌아오겠습니다. 앞으로 무단으로 사라지면 그 시점에 협력관계는 끝이라고 생각할 테니 이상한 짓 하지 마세요."

레이스가 못을 박았다. 구체적인 결전지가 파라디아 왕국의 어디가 될지는 보험 삼아 직전까지 가르쳐주지 않을 생각이었다.

"흥."

대기하라는 말에 루시우스는 불만스럽게 콧방귀를 뀌었다.

"서두르면 일을 망쳐요. 그가 파라디아로 갔다는 걸 알고 조급해진 건 이해하지만 인질 확보가 먼저입니다. 로다니아에서 세리아 크렐의 생활 상황과 인간형 정령 이외의 호위를 확인해야 하니 하루만 참아주세요. 사실 며칠 더 상황을 지켜보고 싶지만, 당신을 위해 서두르는 거니까."

루시우스의 불만을 느꼈는지 레이스가 한숨을 내쉬며 말했다.

"……꺼져. 빨리 갔다 와."

루시우스는 살기등등하게 말하고 거슬리는 날벌레를 쫓아내듯 손을 내저었다.

"알겠습니다."

레이스는 난처하게 어깨를 으쓱하고 뒤돌아 문을 열었고 떠났다.

"우쭐해서는……. 넌 아무것도 몰라."

루시우스는 아무도 없는 방에서 중얼거리고 자리에서 일어나 침실로 연결된 문을 열었다.

"어이, 알레인, 루치, 벤."

그리고 침실에 대기하던 세 남자에게 말을 걸었다. 그곳에는 레이스가 로다니아로 보낸 세 사람이 있었다. 그들은 천상의 사자단 소속인 루시우스 직속 부하지만, 현재는 프로키시아 제국의 공작원으로 레이스에게 빌려준 인재였다.

"레이스 님에게 들키는 거 아닌가 조마조마했습니다. 심장에 안 좋네요."

알레인이 식은땀을 닦고 쓴웃음 지으며 말했다.

"레이스도 너희가 사용한 전이결정 좌표가 내 방으로 설정된 줄은 몰랐던 모양이야. 매일 재고를 속이길 잘했어."

루시우스가 자신만만하게 웃었다. 전이결정을 사용하려면 전이할 곳의 좌표를 설정하는 마도구도 꼭 필요하기 때문에 전이결정과 좌표 설정 마도구가 쌍을 이뤘다.

그리고 전이할 곳에 발생하는 오드와 마나 파동이 탐지

되지 않게 하는 결계용 마도구도 있었다. 루시우스는 그것들을 이용해 레이스에게 들키지 않게 알레인 일행을 자기 방으로 소환했다.

"재고가 얼마 안 남았습니다. 전이결정은 좌표 설정 마도구도 포함해 레이스 님이 꼼꼼하게 관리하거든요."

벤이 말했다.

"훔친 것도 포함해서 갖고 있는 전이결정 개수를 말해봐."

루시우스가 명령하고 선반에 있던 슈트랄 지방 지도를 침대 위에 펼쳤다.

"아까 레이스 님에게 받은 로다니아로 이동하는 전이결정 하나. 가르아크 왕국 왕도로 가는 전기결정 하나. 저희가 정보 수집을 위해 잠복하던 벨트람 왕국 동쪽 숲으로 가는 전이결정 하나. 그리고 임무 중에 훔친 목적지를 정하지 않은 전이결정이 일곱 개입니다."

벤이 품에서 목적지를 메모한 전이결정 꾸러미를 꺼내 각각 지도상의 좌표에 배치했다. 목적지를 설정하지 않은 돌이 든 일곱 개의 꾸러미는 그들이 있는 제도 좌표에 놓았다.

"……파라디아 왕국에서 내가 잠복하던 곳으로 가는 전이결정 두 개와 파라디아 왕도로 가는 전이결정이 하나 있다."

루시우스가 전이결정이 든 꾸러미를 품에서 두 개 꺼내 지도 위에 놓았다.

"이걸로 레이스 님을 따돌릴 수 있겠습니까? 단장."

덩치 큰 루치가 루시우스의 안색을 살피며 물었다.

"생각해봐야지. 이틀 뒤까지 레이스와 별개로 인질을 확보하기만 하면 돼. 그 녀석이 점 찍은 여자 외에 인질로 쓸 만한 녀석이 있을지가 문제인데……."

루시우스는 손에 든 리오의 정보 보고서를 내려다보았다. 그곳에는 리오의 과거와 인간관계 등이 적혀있었다. 모든 것을 잃은 슬럼가 고아였던 애송이가 다시 소중한 사람들을 만나고 행복한 나날을 보냈다. 읽으면 읽을수록 짜증 나는 보고서였지만, 그렇기에 더욱 정독했다.

리오와 깊은 관계인 인물로 이름과 정보는 있는데 세리아 이외에는 어디 있는지 모르는 사람뿐이었다. 다음으로 친분 있는 인물 목록을 봤지만, 전이결정으로는 갈 수 없는 곳에 있거나 가더라도 경비가 엄중한 성에 있었다.

'가르아크 왕국 왕성에 있는 용사를 노릴까? 하지만 레이스의 눈이 있으니 나는 이 성에서 못 움직여.'

실제로 잠입해서 납치하는 건 알레인 일행이었다. 모두 루시우스가 훈련시킨 베테랑이지만, 최소 렌지 수준의 힘이 있을 용사를 성에서 상대한다면 성공한다는 보장이 없었다. 자칫하면 실패하고 잡힐 수도 있었다.

"……아예 벨트람 왕국의 왕녀 자매를 노리는 것도, 괜찮은가?"

루시우스는 자료를 보며 중얼거렸다. 보고서에는 리오와 왕녀 자매의 관계도 적혀있었다. 몇 년 전에 리오가 어떻게 벨트람 왕립학원을 다녔는지, 리오가 학원에서 어떤 취급을 받았는지 등등…….

'언니 쪽은 몰라도 동생에게 인질 가치가 있다는 건 아망드 때 증명됐지.'

리오와 왕녀 자매의 관계가 적힌 부분을 응시하던 루시우스는 아망드에서 리오와 싸웠을 때를 떠올리며 비웃었다.

그때, 리오는 플로라를 지키려고 했다. 즉, 리오와 플로라 일행 사이에 과거의 인연이 있더라도 인질로 이용할 수 있다는 뜻이었다.

'이 왼쪽 눈 덕분에 이전보다 단거리 전이가 쉬워지긴 했지만, 초고속으로 거리를 좁히는 그놈의 기동력은 얕볼 수 없어. 인질로 발을 묶어서 그놈의 기동력을 빼앗아야 해. 요컨대 걸림돌이 있으면 되는 거야. 지킬 힘이 있어도 지키지 못하는 전투를 선사하마. 안달하게 만들어주지.'

복수하려면서 소중한 사람에게 둘러싸였다. 관련 없는 타인을 지키려고 했다. 대체 무엇 때문에 지키려고 하지?

복수하려는 인간이 고등한 논리관이라도 갖고 있나? 만약 그런 불순물을 안고 사람을 죽이러 온다면 참 웃긴 일이었다. 그렇기에 괘씸했다.

그건 기만이고 위선이었다. 어리석은 자의 소행이었다. 약자를 지키고 자신을 소홀히 하다니 있을 수 없는 일이었다. 있어서는 안 됐다.

그렇게 위선을 둘러댄다 해도 아무것도 얻지 못했다. 잃기만 할 뿐이었다. 슬럼가에서 자라고 복수의 길을 선택한 인간이라면 알 만도 할 텐데 리오는 둘러대려고 했다. 그게 몹시 거슬렸다. 구역질이 날 정도로…….

아망드에 복수하러 나타난 리오의 얼굴이, 그 눈이, 지금도 잊히지 않았다. 증오를 억누르고 이성적이려고 하던 그 태도가…….

'넌 나와 동류야.'

그러니까 더러운 본성을 드러내고 절망하게 해주겠다. 그리고 숨만 붙은 리오를 소중한 사람들 앞으로 끌고 가자. 그리고 목숨을 빼앗겠다.

그것이 루시우스가 리오에게 하는 보복이었다. 리오를 꼬여내기 위해 인질은 잡지만, 누구의 방해도 받지 않겠다.

'인질은 잡는다. 하지만 난 너와 협력하겠다고 한 적 없다, 레이스. 그놈은 내 사냥감이라고 말했을 텐데. 내가 내 의지로 인질을 잡는다면 모를까, 네가 준 인질을 이용할 것 같나?'

남이 차려준 밥상에서 사냥하는 짐승은 되고 싶지 않았다. 루시우스는 그것을 허용하지 않았다. 자기 의지로 타인을 움직인다면 이야기가 다르지만, 타인에게 이용당해 사냥하는 것은 절대 참을 수 없었다. 레이스에게 이용당하는 것처럼 행동한 것은 어디까지나 리오가 어디 있는지 알아내기 위해서였다.

루시우스는 한동안 진지한 표정으로 자료와 눈싸움을

했다. 알레인 일행은 쓸데없는 말을 꺼내지 않고 그를 지켜보았다.

"……레이스는 지금부터 파라디아 왕국의 듀란에게 갈 거다. 나는 성에서 못 움직여. 녀석을 따돌리기 위해 너희가 움직여줘야겠다."

생각이 정리됐는지 루시우스가 입을 열었다.

"분부하시죠."

세 사람이 씩 웃고 고개를 끄덕였다.

"우선 인질 후보는 벨트람 왕국의 왕녀 자매다. 내가 잠복할 때 썼던 파라디아 숲으로 왕녀들을 보내. 레이스에게도 구체적인 장소는 가르쳐주지 않았어. 녀석을 따돌리기에 적합한 장소다."

루시우스는 코웃음쳤다.

"벤, 넌 곧장 로다니아로 날아가 내일 저녁까지 벨트람 왕녀 자매가 어디 있는지 알아내. 그리고 훔친 돌을 가져가서 좌표를 설정하고 이곳으로 돌아와."

먼저 벤에게 지시를 내렸다.

"알겠습니다."

벤은 로다니아로 날아가는 전이결정이 든 꾸러미를 챙기고 좌표가 설정되지 않은 전이결정이 든 꾸러미를 들었다.

"저랑 알레인은 뭘 하면 됩니까?"

루치가 씩 웃으며 물었다.

"루치는 레이스의 귀환을 확인하고 파라디아 왕도로 간

다. 왕녀들이 죽지 않게 물자를 사서 숲속 오두막으로 전이해 처박아둬. 그리고 내일 저녁까지 혼자 이곳으로 돌아와."

"옙."

"알레인, 너도 루치와 함께 파라디아 왕도로 가되 따로 행동한다. 내 사자로서 제1 왕자인 듀란과 접촉해. 겉으로는 레이스의 지시를 따르는 척하면서 레이스의 지시를 무시하고 내 지시를 따르도록 말이야. 듀란은 그놈을 숲으로 불러들일 사자로 쓸 거다. 너도 내일 저녁까지는 돌아와."

"네."

루시우스가 순식간에 지시를 내렸다. 루치와 알레인은 각각 필요한 전이결정이 든 꾸러미를 챙겼다.

"일을 마치고 돌아오면 로다니아로 간다. 레이스의 지시대로 움직인 것처럼 보이게. 이후로는 상황에 따라 임기응변으로 진행한다. 이틀 후, 내가 막판에 레이스를 두고 파라디아로 간다. 너희는 그 전에 녀석의 눈을 피해 왕녀 자매를 납치하고 모른 척 로다니아로 돌아가."

"납치한 왕녀 자매는 숲으로 전송하고 냅둬도 됩니까?"

루치가 물었다.

"냅둬. 괜히 감시를 붙였다가 한 명 모자른 걸 들키면 레이스 녀석에게 덜미를 잡힐 거야. 인원이 부족하니 왕녀 회수는 레이스를 따돌리고 내가 한다. 레이스가 너희에게 캐물으면 시치미 떼고 나한테 유리하게 행동해. 레이스가 당황해서 부산떠는 얼굴을 볼 수 있을지도 모른다고?"

루시우스가 그 표정을 보는 일은 없었다. 그러나 그 장면을 상상했는지 그의 입꼬리가 즐겁게 올라갔다.

정령환상기

【 제 4 장 】 ❈ 격투

루시우스가 레이스를 따돌릴 계획을 세운 뒤 이틀이 지났다. 드디어 루시우스와 레이스가 세리아 납치를 실행하는 날이 찾아왔는데…….

로다니아에서 몇 킬로미터 동쪽에 떨어진 상공에서 술래잡기라도 하듯 엄청난 속도로 날아다니는 두 그림자가 있었다.

앞선 그림자는 레이스, 뒤쫓는 그림자는 아이시아였다.

'그렇게 나온다 이겁니까, 루시우스. 설마 거기서 배신할 줄은…….'

뒤에서 쫓아오는 아이시아에게서 전속력으로 도망치던 레이스는 약 몇 분 전에 일어난 일에 화가 치밀어 얼굴을 찌푸렸다.

그렇다. 약 몇 분 전의 일이었다.

로다니아 영빈관에 있는 레스토라시온 중앙집무실을 레이스가 루시우스와 함께 방문했다.

"크리스티나 왕녀와 플로라 왕녀의 배가 돌아와서 바쁜가 봅니다. 설마 중앙집무실에도 사람이 없을 줄은……."

레이스가 창밖을 보며 말했다.

"**무슨 일 있나 보지**. 그보다 어쩔 거냐? 이제 세리아 크렐이 강의를 마칠 시간인데."

루시우스는 살짝 웃으며 레이스에게 물었다. 예정대로라면 이미 알레인 일행이 크리스티나와 플로라를 파라디아 왕국의 숲으로 전송했을 터였다. 상황을 보니 잘 풀린 것 같아 속으로 크게 웃었다.

"강의가 끝나면 현관을 통해 저택으로 돌아갈 텐데 이렇게 사람이 없으니 부지에서 습격해도 괜찮겠습니다. 어이쿠……."

생각에 잠겨 말하던 레이스가 뭔가 느낀 것처럼 방문을 보았다.

"뭐야?"

"극히 미약하지만, 정령이 접근한 기척이 있었습니다. 예상대로 검은 기사의 계약 정령이겠죠. 영체화한 모양입니다. 영체화한 상태로도 기척이 느껴지다니, 무서워라."

레이스는 가볍게 어깨를 으쓱했다.

"……그쪽은 네 기척을 못 느꼈나?"

루시우스가 물었다.

"기척 지우는 게 특기지만, 가까이 접근하면 알아채겠죠. 기척에 예민한 정령이라면 방에 들어오자마자 눈치챌지도 모릅니다."

"그래? 그럼 어떡할래? 이 방에서 덮칠까? 아니면 밖으로 나가서 덮칠까?"

루시우스가 묘하게 차분한 목소리로 물었다.

"방을 지나가면 나가서 공격하고, 들어오면 안에서. 방으로 들어오면 당신이 상대해주세요. 곧바로 계약 정령이 나올 테니까 당신과 그녀가 싸우는 동안에 제가 세리아 크렐을 납치하겠습니다."

시간이 없는지 레이스가 조금 빠르게 계획을 전달했다.

"아하."

"코 앞까지 왔으니 당신은 문 옆으로."

"그래."

루시우스는 시킨 대로 문으로 다가갔다.

그러자 곧 문 두드리는 소리가 났다.

"왔군요……. 뭐 하는 겁니까?"

작게 속삭이며 문에 의식을 집중하던 레이스는 루시우스가 품에서 두 개의 마력결정을 꺼내는 것을 보고 의아한 표정을 지었다.

"작은 인정을 베풀어 마술 흔적은 지워주지."

"……대체 무슨?"

말을 하는 겁니까? 레이스는 당황한 기색이 역력했다.

"≪텔레포트≫."

직후, 루시우스가 한 마력결정에 실린 마술을 발동했다. 그와 동시에 던진 다른 마력결정이 바닥에 떨어졌다.

"뭣?!"

레이스가 놀라서 눈을 크게 떴다. 그것이 마지막으로 루시우스를 본 레이스의 표정이었다. 공간이 뒤틀리고 루시우스는 순식간에 모습을 감췄다.

한편, 루시우스가 던졌던 마력결정에 담긴 결계마술이 공간마술의 마력을 빨아들여 발동했다. 반지름 1미터 정도 되는 빛의 원이 생기고 공간마술로 발생한 오드와 마나의 범류를 외부와 완전히 차단했다. 제작자인 레이스도 보지 않았다면 마술 발동을 알아차리지 못하는 뛰어난 물건이지만, 이번에는 그것이 화가 됐다.

"……실례합니다."

세리아가 방에 들어온 것은 그 직후였다.

몇 분 후.

로다니아 동쪽 근교 하늘로 장소를 바꾼다.

'정말이지. 여기서 세리아 크렐의 신병을 확보하는 게 그에게도 우위에 서기 위한 최선책인데. 그렇게나 제 개입이 싫습니까, 루시우스.'

이렇게 초조한 게 얼마만 인가, 레이스는 큰 한숨을 내쉬었다. 뒤를 돌아보니 맹렬히 추격하는 아이시아가 보였다.

세리아를 사라 일행에게 맡기고 걱정이 없어져서 그런지 아이시아의 속도가 빨라졌다. 레이스도 속도를 올렸지만, 두 사람의 거리는 점점 좁아졌다.

'거리가 줄어들고 있어요. 곧 숲 상공을 벗어나 광야에 도달하면 숨을 곳이 없습니다. 잡히는 건 시간 문제…….

하는 수 없군요.'

이대로 가면 도망칠 수 없다는 생각에 레이스는 결심했다. 고속으로 비행해 숲 상공을 벗어나 지면으로 내려갔다. 먼저 평평한 광야에 착지하고 아이시아가 내려오길 기다렸다.

"이제 안 도망쳐?"

몇 미터 밖에 착지한 아이시아가 물었다.

"네. 그대로 갔다간 1분도 안 돼서 잡힐 게 눈에 보여서요."

"그래."

아이시아가 짧게 맞장구치고 조용히 전투태세에 들어갔다.

"당분간 로다니아에 잠입하지 않을 테니 이번에는 놓아주시겠습니까?"

레이스가 뜬금없이 목숨을 구걸했다.

"안 돼."

"그럼 잠깐 이야기하는 건 어떨까요? 당신에게 관심이 있습니다."

"난 관심 없어."

아이시아가 깔끔하게 대답했다.

"으음. 정령은 시간을 거듭해 격이 오를수록 자아가 강해지고 외모와 성격이 사람에 가까워지는데 역시 당신은 자아가 흐릿하군요. 인간형의 영역의 도달했는데 마치 갓 태어난 정령 같습니다. 자신이 누구인지, 당신은 알고 있습니까?"

레이스가 정체를 간파한 것처럼 아이시아를 바라보았다.

"……그러는 너야말로 인간으로는 안 보여. 기분 나쁜 느낌이 들어. 인간이 아니야. 굳이 말하면 정령에 가까워. 하지만 마물 이상으로 불쾌해."

"어라, 제게 관심이 좀 생기셨나요?"

"……."

아이시아의 표정에 살짝 불쾌감이 비쳤다. 레이스는 그것을 놓치지 않고 깔보듯 웃었다.

"하하하, 일단 감정 표현은 할 수 있나 보군요."

"너처럼 된다면 난 지금 이대로가 좋아."

"자기주장도 할 수 있고. 참고로 상당히 예리했지만, 저는 정령이 아닙니다."

레이스가 서늘한 미소를 지으며 말했다. 무엇이 진실인지 전혀 알 수가 없었다. 방심할 수 없는 말투였다.

"너랑 더 이야기할 생각 없어."

아이시아가 딱 잘라 말한 순간, 그녀의 마력이 팽창했다.

"제가 여기서 시간을 벌고 세리아 크렐을 노리는 게 진짜 목적일지도 모르는데요?"

"세리아 곁에는 사라 일행이 있어. 이 거리라면 바로 돌아갈 수도 있어."

그러니까 괜찮다는 듯이 아이시아가 정령술을 발동했다. 주위에 마력 광탄을 전개하고 레이스를 조준했다.

"싫어질 만큼 냉정하네요. 뭐, 그럴 계획은 없습니다, 정말로. 그러니까 보내줬으면 좋겠는데요…… 어이쿠!"

"적당히 해."

이 마당에 뻔뻔하게 말하는 레이스를 향해 아이시아가 무서운 표정을 지으며 광탄을 쐈다. 레이스는 장난스러운 태도와 달리 전혀 방심하지 않았는지 엄청난 속도로 반응해 옆으로 뛰어 공격을 피했다.

그러나 아이시아는 이미 다른 광탄을 발사했고 궤도를 자유자재로 조종해 다양한 각도에서 레이스를 노렸다.

"이런."

요란하게 한숨을 내쉰 레이스의 온몸에서 한없이 강력한 어둠이 팽창했다. 팽창한 어둠은 아이시아가 쏜 광탄을 모조리 삼키고 순식간에 수축했다.

"……."

아이시아의 눈에 강한 경계의 불꽃이 타올랐다. 팽창한 어둠의 능력이 신경 쓰였다. 함부로 접근해도 될까.

"설마 도망치기 위해 제 능력을 보이게 될 줄은……."

레이스가 한숨 쉬며 말하자 그의 발에서 급속히 그림자가 퍼지며 주변 바닥을 암흑으로 물들였다. 그림자 속에서 반석 대검을 든 미노타우로스와 윙 리저드라고 불리는 비행형 아룡을 닮은 생명체가 수도 없이 나타났다. 그들의 피부색은 모조리 새카맸다.

"……마물?"

미노타우로스는 당연히 마물에 속하지만, 아이시아는

윙 리저드를 닮은 생물에게서도 마물과 비슷한 기척을 느꼈다.

"죽고 싶지 않으니 전력으로 저항하겠습니다. 할 수 있는 만큼 해보자고요. 기왕 이렇게 됐으니 제 컬렉션과 잠깐 놀아주세요."

레이스가 말을 마침과 동시에 미노타우로스와 윙 리저드를 닮은 것들이 아이시아를 에워쌌다.

"음머어어어어어!"

제일 먼저 미노타우로스 한 마리가 크게 도약해 아이시아를 공격했다. 순식간에 그녀의 머리 위로 날아올라 낙하하며 힘차게 반석 대검을 내리쳤다.

쿵 하는 소리가 울려 퍼졌다. 지면에 금이 가고 미노타우로스의 손에 확실한 반응이 전해졌다.

그러나 반석 대검은 아이시아의 몸을 뭉개지 못했다.

"억?!"

아이시아를 에워싼 보이지 않는 벽이 미노타우로스의 대검을 막았다. 미노타우로스가 놀라서 검을 밀어넣으려고 체중과 완력을 실었다. 그러나 검을 든 팔이 덜덜 떨릴 뿐, 검은 1밀리미터도 들어가지 않았다.

"비켜."

아이시아가 미노타우로스에게 손을 뻗으며 중얼거렸다.

"음머?!"

아이시아의 손에서 매우 강력한 충격파가 발생해 미노

타우로스의 거구가 뒤로 날아갔다. 바닥에 떨어지더니 여파에 10미터 넘게 나뒹굴었다.

"크……어……."

미노타우로스는 일어날 힘도 없는지 그대로 죽고 재가 되어 마석만 남겼다.

"미노타우로스 강화체가 건들지도 못 하는군요. 그럼 이번에는 하늘에서 공격합니다."

레이스가 말하자 하늘을 날던 윙 리저드를 닮은 것들이 크게 입을 벌렸다. 입으로 화염 브레스를 힘차게 내뿜어 아이시아를 불태우려고 했다.

브레스의 화력이라면 인간 정도는 가볍게 재로 만들 수 있지만, 아이시아는 경쾌한 걸음으로 머리 위에서 쏟아지는 브레스를 피했다.

"……윙 리저드는 브레스를 뿜지 않아."

아이시아는 모든 브레스를 피하고 멈춰서 자신의 지식과 비추어 보고 머리 위에 날고 있는 윙 리저드 같은 것들이 윙 리저드가 아니라고 확신했다.

"그럼 윙 리저드가 아닐 수도 있겠네요."

아이시아의 목소리가 들렸는지 레이스가 즐거워하며 말했다. 아이시아가 살짝 얼굴을 찌푸리고 레이스에게 접근하려고 했지만, 미노타우로스들이 막아서고 노도의 파상 공격을 퍼부었다.

그러나 아이시아는 초조해하지 않았다. 달려드는 미노

타우로스를 향해 뛰어올라 접근해 스쳐지나가며 얼굴을 건드려 순식간에 머리를 얼려버렸다. 직후, 미노타우로스의 거대한 몸이 소리 내며 바닥에 쓰러졌다.

"뭐하려는 거야?"

아까부터 레이스의 몸에서 새까만 마력이 뿜어져나왔다. 아이시아는 레이스가 이상한 마력을 모으는 것을 깨닫고 방해하려고 접근을 시도했다.

"저는 당신을 쫓아내고 빨리 이 자리를 뜨고 싶을 뿐입니다."

레이스의 말을 뒷받침하듯 또 머리 위에서 브레스가 쏟아졌다.

"그럼 수를 줄이면 돼."

아이시아는 주위에 빛나는 마력탄을 무수히 만들었다. 마력탄의 반절을 광선으로 바꾸고 상공을 선회하는 윙 리저드 같은 것들을 쓸어버리듯 발사했다. 절대 적지 않은 수의 광선이 윙 리저드 같은 것들에 직격했다.

"키익?!"

광선이 직격한 윙 리저드 같은 것들은 크게 균형이 무너졌지만, 추락하지 않고 태세를 정돈해 비행을 재개했다. 아무래도 충격 이상의 대미지는 주지 못한 것 같았다.

'용과 아룡의 피부는 오드를 튕겨내. 저 개체들도 그 특성을 갖고 있나?'

그렇다면 접근해서 타격으로 직접 공격하거나 정령술로

물리적인 현상을 일으켜 공격해야 했다. 아이시아는 냉정하게 분석하고 날아올라 상공에 있는 윙 리저드 같은 것들에게 접근하려고 했다.

"그렇게는 안 됩니다!"

레이스가 지시했는지 주위에 있던 미노타우로스들이 대검을 휘두르며 아이시아를 공격했다.

"상관없어."

아이시아는 주위에 남은 지름 수십 센티미터의 마력탄에 마력을 더 주입해서 지름 2미터의 마력구로 변화시켰다. 그리고 사방팔방에서 접근하는 미노타우로스들을 향해 일제히 발사했다.

"크헉……."

미노타우로스들은 피하지 못했고 피부에 마력을 튕겨내는 성질도 없어서 정통으로 공격을 맞았다. 체중이 톤 단위인 거구가 가볍게 날아갔고 그 중 몇 마리는 급소를 맞았는지 생명력을 잃고 마석만 남긴 채 재가 되었다.

"역시 인간형 정령. 엄청난 힘이로군요."

레이스는 아이시아의 전투를 보며 반쯤 기가 막혀하며 감탄했다.

"마물이 많이 줄었어."

아이시아가 길이 2미터의 얼음창을 수없이 만들어서 발사해 하늘을 나는 윙 리저드 같은 것들의 목숨을 거뒀다. 레이스가 불러낸 마물들은 반 이하로 줄었다.

"줄어든 만큼 늘리죠."
레이스는 초조한 기색 없이 다시 바닥에 그림자를 펼쳐 숫자를 늘렸다.
"달각달각달각."
말하는 것처럼 소리 내며 새 그림자 속에서 나타난 것은 이족보행하는 해골전사들이었다. 그 숫자가 가볍게 백은 되는 듯했다.
미노타우로스와 윙 리저드 같은 것들처럼 온몸이 새까맣고 악마처럼 무시무시하게 생겼다. 양손에 암흑검과 방패를 든 모습이 섬뜩했다.
"넌 그 능력으로 공간을 조종하는 거야?"
아이시아가 의아해하며 물었다. 일으킨 현상은 공간마술과 흡사한데 일반적인 공간마술과 다른 오드와 마나의 파동을 느꼈다.
"글쎄요?"
"이상한 마물만 불러내고."
레이스가 시치미를 떼자 아이시아가 해골 군세를 힐끗 보며 말했다. 기척은 마물인데 윙 리저드 같은 것들처럼 아이시아의 지식에 없는 존재였다.
"뭐, 그래도 당신을 쓰러뜨릴 수는 없겠지만요."
레이스가 난처해하며 말했다.
"그럼 헛된 저항은 멈춰."
아이시아가 가볍게 팔을 휘두르자 세찬 바람이 일었다.

마력으로 형성된 거대한 바람의 칼날들이 수많은 해골들을 모조리 쓸어버렸다. 하지만 레이스는 허공에 떠올라 바람 공격을 어렵지 않게 피했다.

"계약자가 없는 당신의 마력이 끊길 때를 노렸는데 아직 여유로워보이네요."

레이스가 착지하고 말했다. 그 주위에는 아이시아의 공격으로 쓸려나간 해골전사의 잔해가 널려있었다.

"내 마력은 이 정도로 고갈되지 않아. 네 동료는 늘어난 것보다 줄었어."

아이시아가 담담하게 말했다. 말하는 동안에도 남은 미노타우로스와 윙 리저드 같은 것들이 접근해 공격했지만, 아이시아가 정령술을 정확하게 발동해 맞섰기 때문에 접근조차 하지 못했다.

"정말 숫자가 제법 줄었네요. 마력 고갈을 노리는 것도 그다지 좋은 생각은 아닌 것 같습니다. 그러니 지금부터는 정면승부로……."

레이스는 탄식하며 중얼거리고 오른손을 머리 위로 들었다. 그 순간, 주위에 흩어진 해골전사들의 잔해가 새까만 독안개가 되어 레이스를 뒤덮으며 모였다. 안개는 순식간에 모습을 바꿔 거대해졌다.

그러나 아이시아도 얌전히 지켜보진 않았다. 접근하는 얼마 안 되는 마물들을 정령술로 받아치며 거대해지는 검은 안개에 빛의 구를 몇 개를 발사했다. 빛의 구가 전부 안

개에 명중했으나…….

'……공격을 흡수했어?'

반응이 없었다. 대체 무슨 일이 일어난 거지, 아이시아는 생각했다. 마력탄이 안 되니 얼음창으로 공격해봤지만, 또 아무 반응 없이 안개 속으로 흡수됐다.

그러는 동안에 남은 마물을 전부 섬멸해 유일하게 레이스가 안에 있는 것으로 보이는 검은 안개만 남았다.

잠시 뒤, 검은 안개는 이족보행하는 인간형 해골 모양이 되었다. 조금 전에 레이스가 만든 해골전사와 기본은 비슷했다.

그러나 크기도 무시무시함도 조금 전과는 비교도 되지 않았다. 미노타우로스를 웃도는 거구에 거대한 한손검, 훨씬 튼튼해 보이는 방패와 갑옷을 입었다. 하늘을 나는지 등에는 날개까지 달렸다. 그야말로 악마나 타천사 같은 생김새였다.

'이게 저 남자의 정체?'

아이시아가 수상해하며 고개를 갸웃거렸다.

그때였다. 거대한 해골기사가 미노타우로스를 웃도는 속도로 아이시아에게 접근해 몇 미터나 되는 한손검을 가볍게 휘둘렀다.

아이시아는 보이지 않는 장벽을 펼쳐 정면으로 공격을 막았다. 거의 동시에 카운터로 정면에서 충격파를 쐈다.

쿵 하는 굉음이 울려 퍼졌다. 그러나 거대한 해골기사는 살짝 후퇴했을 뿐, 날아가지는 않았다. 손에 든 방패로 충격파를 막았다.

'다른 개체보다 훨씬 튼튼해.'

그럼 더 강력한 기술로 공격하면 됐다. 아이시아는 순식간에 판단을 내리고 실행하기 위해 연달아 더 강력한 충격파를 발사했다.

소닉 붐이라도 일어난 것 같은 충격이 시각적으로 발생하고 그 에너지가 모조리 해골기사에게 집약돼 해방됐다.

"……."

순간, 해골기사는 신음소리 한 번 내지 않았지만, 손에 든 방패가 산산조각났다. 엄청난 위력을 증명하듯 그 거구도 떠올라 뒤로 날아갔다. 해골기사는 등에 달린 날개를 퍼덕여 기세를 죽이려고 했다.

그러나 아이시아가 충격파를 한번 더 발사했다. 이번에는 막을 방패도 없어 몸통에 그대로 대미지를 받아내자 전신의 뼈에 금이 갔다.

그것을 먼 상공에서 응시하는 그림자 하나.

'**제가 지금 만들 수 있는** 최강의 사역마인데 말이죠. 대영웅급은 안 되도 영웅급 실력자 몇 명이 붙어서 간신히 쓰러뜨릴 정도는 되는데 잠깐 시간을 버는 게 고작이라니…… 정말 무섭네요.'

레이스였다.

'뭐, 저걸 쓰러뜨리고 저를 쓰러뜨렸다고 착각해주면 횡

재죠. 루시우스의 흔적을 쫓기도 해야 하고 들키지 않은 지금 도망치도록 할까요. 이대로라면 정말 목숨이 몇 개 있어도 부족하겠어요. 이번 전투로 강력한 마물 재고를 제법 소비했네요.'

레이스는 36계 줄행랑을 실현하듯 재빠르게 자리를 떴다. 그 모습이 구름에 가려 보이지 않을 무렵.

"……."

지상에서는 해골기사가 말없이 전신이 엉망이 되어 쓰러졌다. 팔다리가 부서져도 움직이려고 했지만, 아이시아가 몸통 위에 착지하며 그대로 짓밟았다.

착지할 때 엄청난 위력을 담아 충격을 줬는지 몸통 뼈가 완전히 부서졌다. 충격이 지면에도 전해져 작은 구덩이가 생길 정도였다.

해골의 눈에 번쩍이던 기분 나쁜 빛도 완전히 사라졌다. 뒤늦게 몸통도 안개가 되어 흩어졌다. 그곳에는 마석조차 남지 않았다.

"……해치웠나?"

아무도 없는 광야에서 아이시아가 고개를 갸웃거렸다.

"기척이 사라졌어. 마석도 없어."

그러니까 해치운 거겠지.

그러나 석연치 않다고 할까 반응이 없었던 것 같기도 했다. 어째서일까?

그걸 알 수가 없어 잠시 주위를 둘러보았다. 기분 나쁜 기척은 완전히 사라졌다.

'결국 레이스가 누구였는지 끝까지 알아내지 못했어…….'

이렇게 쉽게 죽을 줄 알았더라면 좀 더 대화해볼 걸 그랬다고 아이시아는 생각했다.

얻은 게 없었다. 그래서 아무것도 해결되지 않은 것 같아 허무했다.

——자신이 누구인지, 당신은 알고 있습니까?

아이시아는 문득 레이스가 한 말이 떠올랐다.

"……내가 누구인지, 나도 몰라."

중얼거리는 아이시아의 표정이 조금 슬퍼보였다. 어째서일까. 레이스와 나눈 대화를 떠올리니 괜히 가슴이 술렁였다.

'돌아가자, 세리아가 있는 곳으로.'

그들을 만나고 싶었다. 그리고 리오도……. 아이시아는 마지막으로 주위를 둘러보고 바위 집을 향해 날아갔다.

【 제 5 장 】 ❈ 파라디아 왕국 잠입

다시 시간을 거슬러, 이틀 전.

렌지와 루시우스가 싸운 날의 일이다.

니들 프로키시아와 전투 후, 제국 성을 탈출한 리오는 곧장 여관방으로 돌아갔다. 그리고 아침이 오길 기다렸다가 태연한 얼굴로 제도를 떠났다.

이번에 갈 곳은 프로키시아 제국에서 동쪽에 있는 파라디아 왕국이었다. 파라디아 왕국은 가르아크 왕국 북쪽에 있는 소국지대의 한 국가로, 만성적으로 인근 나라들과 다투는 분쟁지역에 있는 나라였다.

정보 출처와 입수했을 때의 상황을 생각하면 신빙성에 의심이 가지만, 그만한 소동을 일으키고 다음 날 제국 성에 다시 침입할 수도 없고 정보는 정보였다.

용병 루시우스가 활동 장소로 선택한 것 자체는 부자연스럽지 않기 때문에 달리 눈에 띄는 정보가 없는 한, 일단은 파라디아 왕국으로 가보는 수밖에 없었다.

'황제의 말에 의하면 제1 왕자가 뭔가 알지도 모른다는데……. 어떻게 접촉할지가 문제야.'

리오는 날아서 이동하며 생각했다. 가르아크 왕국의 명예기사라고 하면 면회 정도는 할 수 있을지도 모르지만, 목적이 목적이니만큼 귀족으로서 문제를 일으키고 싶지 않으니 정식 절차에 따라 면회를 신청하는 것은 조금 꺼려졌다.
그렇다면 침입해서 접촉하는 방법 뿐인데…….
'성에 침입할 수는 있겠지만…….'
침입하려면 모두가 잠든 밤에 해야 했다. 하지만 왕족의 방은 경비가 삼엄할 터였다. 방 앞에 경비병이 있을 테고 어쩌면 안에도 경비병이 있을 수도 있었다. 처자식이 있으면 동침할지도 모르고 침입자를 막기 위해 아예 창문이 없는 침실에서 자는 왕후 귀족도 드물지 않았다.
호위를 재우고 강행돌파하면 못 만날 것도 없지만, 니들과의 전투로 소란이 벌어진 걸 생각하면 조금 꺼려졌다.
'……이런 거 따질 때가 아니야. 일단 침입해서 기회가 생길 때까지 버티거나 임기응변으로 접촉해보는 수밖에 없어.'
리오는 일단 방침을 정하고 비행 속도를 살짝 올렸다. 그것은 평소와 다르게 리오가 두근거림과 비슷한 고양감을 느꼈다는 뜻이었다.

다음 날 오후. 소국가가 난립한 지역인데다 처음 오는 곳이라 지리 확인에 공을 들인 탓에조금 시간이 걸렸지만, 리오는 파라디아 왕국 왕도에 다다랐다.
'이곳이 파라디아 왕국이구나.'

리오는 걸으며 거리를 응시했다. 호숫가에 펼쳐진 마을은 있는 그대로 말하면 평범했고 대국의 지방도시 정도로 번화한 곳이었다. 상업구역 거리 여기저기에 큰소리로 외치는 상인과 물건 사는 손님이 보였다.

'평범……하네.'

리오가 이 나라에 받은 첫 인상이었다.

'어제처럼 여관을 잡고 해가 지면 곧바로 성에 잠입해보자.'

리오는 우뚝 멈춰서 호숫가에 있는 높직한 언덕에 있는 왕성을 보았다.

높고 견고한 성벽에 둘러싸인 그 모습은 성이라기보다는 요새에 가까웠고 벨트람 왕국과 가르아크 왕국 같은 대국의 왕성과 비교하면 아담했다.

지금 저 성에 루시우스가 있을지도 모른다고 생각하니 마음이 살벌해졌지만, 리오는 작게 심호흡해서 마음을 가라앉히고 여관을 잡기 위해 다시 움직였다.

해가 진 저녁.

파라디아 왕성은 견고한 성문을 닫고 출입을 금했다. 하지만 어둠을 틈타 순찰하는 병사의 눈을 피해 성벽을 뛰어넘어 가볍게 침입에 성공한 그림자가 있으니, 바로 리오였다.

검은 외투를 입은 리오는 후드를 쓰고 마스크로 얼굴을

가렸다.

'경비가 삼엄한걸.'

리오는 성벽 위에서 안쪽 경비를 확인했다. 부지 여기저기에 화톳불을 피우고 많은 순찰병이 배회해 경비체제가 삼엄했다.

'일단 건물 위로 이동하자.'

1층으로 침입하기는 조금 힘들 것 같았다. 리오는 왕족의 거주 구역이 상층에 있을 것으로 보고 건물 고층으로 침입하기로 했다. 강화한 신체 능력으로 가볍게 성 외벽을 달려 올라갔다.

리오는 파라디아 왕성 상층 지붕에 내려섰다. 내부로 침입할만한 곳을 찾아 발밑이 불안정하지만, 안정적인 자세로 성을 둘러보았다.

기본적으로 성은 방어 관점에서 저층에 창문을 만들지 않는데 파라디아 왕성은 요새처럼 만들어서 그런지 고층에도 침입할만한 창문이 적었다. 어린아이도 통과하기 어려운 작은 창문뿐이고 간혹 괜찮은 창문이 보였지만, 안쪽에서 잠겨있었다.

아무리 리오라도 자물쇠 따는 기술은 없는지라 잠기면 물리적으로 부수는 것 외에는 침입할 방법이 없었다. 그러나 명백한 침입 흔적을 남기게 되니 피하고 싶었다. 그리고 찾아보면 다른 침입경로가 있을 것이었다.

'저 감시대로 들어가볼까.'

리오는 감시대로 사용하는 첨탑을 침입 루트로 선택했다. 탑 위에 감시하는 병사가 있지만, 달리 침입할만한 장소가 없어서 어쩔 수 없었다.

리오는 한 바람의 정령술을 발동했다. 주변 공기에 자신의 마력을 침투시켜 남들에게 보이지 않는 특수한 공간을 만들었다. 단, 이 정령술은 소리와 방출되는 마력까지 지우지 못했고 빠르게 움직이거나 무언가에 닿으면 아지랑이가 생겨서 신중하게 움직여야 했다.

리오는 벽을 따라 천천히 걸어 감시대 바로 아래로 이동했다. 추가로 정령술을 발동해 마력을 띤 미풍을 날려 안에 있는 이들의 마력 반응을 살폈다.

'세 명인가. 경비가 정말 삼엄해. 경계태세라도 들어갔나?'

감시대 안에는 세 명의 병사가 감시 중이었다. 그러나 리오는 잠입을 포기하지 않았다. 벽을 타고올라 슬쩍 감시대 안을 들여다보았다.

'셋 다 안 보는 틈에…….'

리오는 재빠르고 감시대로 들어갔다. 공간이 흔들려 눈에 띌까 봐 광학미채 정령술을 해제했다. 착지와 동시에 정령술을 재발동해 눈 깜빡할 사이에 모습을 감췄다. 멋진 솜씨였다.

"음?"

착지하는 작은 소리를 들었는지 가장 가까이 있던 병사가 반응했다. 리오는 착지한 자세 그대로 몸을 웅크렸다.

"왜 그래?"

다른 병사가 의아해하며 물었다.

"지금 무슨 소리가 들린 것 같은데…… 기분 탓인가?"

병사는 아무것도 보이지 않자 본인의 착각이라 생각한 것 같았다. 감시대에 그들만 있는 것을 확인하더니 바로 다른 데로 의식을 돌렸다. 리오는 천천히 일어나서 감시대를 지나 통로를 통해 성으로 숨어들었다.

'좋아, 제1 왕자의 방이나 그의 소재를 찾자.'

리오는 마음을 다잡고 그늘로 이동해 광학미채 정령술을 해제했다.

병사가 배회하는 성에서 모습을 드러내고 걷는 건 안 좋은 생각 같지만, 왕성에 마력 감도가 좋은 마도사가 있을 수도 있고 마력 반응을 탐지하는 마도구나 결계가 있을 수도 있었다.

그래서 상시 마력을 방출하며 돌아다니는 건 되도록 피하는 게 현명했다. 인기척을 잘 느끼고, 수상한 마력 반응을 탐지하고, 때로는 모습을 감췄다 드러내며 경비의 눈을 따돌리는 판단력이 필요했다.

하지만 리오는 여러 번 타국의 왕성에 잠입한 경험이 있어서 이런 일에는 이미 익숙했다. 이렇게 잠입할 때는 어느 정도 대담해야 한다며 과하게 겁내지 않고 발을 움직였다. 첨탑 계단을 내려가 본성에 도착했다.

도중에 순찰하는 병사와 몇 번 엇갈렸지만, 그늘이나 천장에 숨어 피했다. 리오가 들어온 곳은 본성 2층이었다. 성 구조와 경비 상황을 파악하기 위해 여기저기 돌아다녔다.

대국의 왕성처럼 넓지 않은 만큼 경비 배치가 꼼꼼했다. 하지만 그만큼 파악하기도 쉬웠다. 경비병이 많은 구역을 기억하고 건물 구조를 고려해 리오는 지위 높은 인물이 있을 법한 장소를 점찍었다.

'저곳이 프로키시아 황제가 말한 제1 왕자의 침실 같아.'

리오는 드디어 목표 인물이 있는 방을 알아냈다. 통로 모퉁이에 숨어 상황을 살폈다. 방문은 닫혀있고 앞에는 남성 기사 세 명이 서 있었다.

안으로 들어가기 어려워 보였다. 참고로 어떻게 그 방이 제1 왕자의 방인 줄 알았냐면…….

"하아, 방에 가서 자고 싶어. 듀란 님은 문 뒤에서 즐기시고 좋겠다."

이런 투덜거림을 들었기 때문이었다.

여관 주인이 제1 왕자의 이름이 듀란이라고 했으니 틀림없었다. 제법 강한 무인인지 왕도에서도 유명한 모양이었다.

"오늘 듀란 님이 데려온 새 여자 봤어?"

"응, 평민치고는 제법 예뻤지."

"마을 유명 여관의 간판 직원이래. 오늘 경연을 구경하러 왔다더군."

"마음대로 갈아타고 진짜 부럽다아. 나도 잘나가고 싶어. 바람을 펴도 인정해주잖아?"

최초로 듀란의 이름을 꺼내며 투덜댔던 기사가 또 투덜거렸다.

"바람이고 뭐고 애초에 너 독신이잖아. 바람피울 생각하기 전에 부인을 찾으라고. 그다음에 듀란 님 정도의 무공을 세워 더 출세해야지."

"시, 시끄러워. 만약에 말이야, 만약에."

세 명은 사이가 좋은 모양이었다. 숨김없는 대화가 이어졌다. 그러면서도 빈틈을 보이거나 방심하지 않는 걸 보니 실력이 상당한 것 같았다.

"무공을 세우지 않아도 출세할 수 있을지도 몰라."

한 기사가 문득 생각난 것처럼 말했다.

"뭐?"

"오늘 경연이 있었잖아. 듀란 님의 일격을 정면으로 받아낸 사람에게 상을 주는 거. 내일도 낮부터 한다고 하시더라고. 참가 제한이 없으니까 말씀드리면 우리도 참가할 수 있어."

"……잠꼬대는 잘 때나 해. 난 아직 죽고 싶지 않아. 마검을 든 듀란 님의 일격을 버틸 수 있겠냐? 목숨이 몇 개 있어도 부족해. 우리가 참가하면 절대 안 봐주실걸."

우람한 기사가 목을 움츠리고 두려워하며 말했다.

"참가한 모험가들 모두 못 막아내고 날아갔잖아. 무기와 방어구가 망가지는 정도면 다행이지, 듀란 님의 상단 내려치기를 검으로 막아내려다가 재기 불능된 멍청이도 있었고."

그때의 광경이 떠올랐는지 다른 기사가 으스스하게 웃었다.

상을 미끼로 풀었지만, 훈련받은 기사들도 두려워할 정도로 위험한 도박인 모양이었다.

'경연?'

리오는 그 도박에 관심이 생겼다. 타이밍이 너무 좋은 것도 같지만, 듀란과 접촉하고 싶었던 리오에게는 다행스러운 전개였다.

'그럼 지금 모험할 필요도 없지.'

리오는 경연에 참가하기로 결심하고 조용히 자리를 떴다.

파라디아 왕국에 도착한 다음 날 오후. 크리스티나와 플로라가 파라디아 왕국 숲에 떨어졌을 무렵의 이야기다.

리오는 정문으로 당당하게 파라디아 왕성으로 들어갔다. 평소에는 관계자 이외에는 출입 금지지만, 오늘은 진입이 허락된 안뜰에 사람들이 모여 북적북적 활기를 띠었다. 인파에 안쪽이 보이지 않았다.

"와아아아아!"

하지만 환호성은 들렸다. 리오는 구경꾼을 위해 개방된 안뜰 계단을 올라 전망 좋은 곳에서 경연을 지켜보기로 했다.

'여기가 좋겠어.'

그곳에는 검을 든 덩치 큰 남자 둘이 있었다. 한쪽은 누가 봐도 거친 모험가인 반면, 다른 쪽은 깨끗한 군복을 입었다. 나이는 둘 다 20대 중반으로 보였다.

'……저 남자가 듀란 왕자인가?'

리오는 군복을 입은 남자에게 시선을 고정했다. 호전적인 미소를 지은 그에게 야성미가 감돌았지만, 이목구비는 아주 잘생겼다. 그 증거로 구경하는 여성들이 뜨거운 시선을 던졌다.

서로 검을 들고 안뜰에서 거리를 두고 마주선 모험가와 듀란으로 보이는 남자. 듀란으로 보이는 남자가 "간다."며 힘차게 달려들었다. 모험가는 자세가 조금 엉거주춤했지만, 움직이지 않고 계속 검을 겨누었다.

"윽, 으아앗?!"

듀란으로 보이는 남자가 모험가의 검을 벴다. 자세가 엉거주춤했던 모험가는 버티지 못하고 가볍게 날아갔다.

"우와아아아!"

그 순간, 구경꾼이 열띤 환호성을 질렀다. 젊은 여성들도 새된 성원을 보냈고 듀란으로 보이는 남자가 득의양양하게 검을 내렸다.

"한심하군. 그런 엉거주춤한 자세로 내 부대에 들어오고 싶다고 지껄이다니. 좀 더 기개있는 남자일 줄 알았건만……."

듀란으로 보이는 남자가 날아간 모험가를 내려다보고 고개를 저으며 말했다.

"어떠냐, 더 없나?! 이 듀란의 일격을 막아낼 자신이 있는 자가?! 막아내면 원하는 상을 주겠다!"

듀란이라고 밝힌 남자가 구경꾼을 둘러보며 부추겼다. 일확천금을 꿈꾸는 거친 모험가들이 흥분했다.

어제오늘 모든 모험가가 된통 당했지만, 소국이라고 해도 제1 왕자가 상을 주겠다는 말은 그들을 움직일만큼 매력적이었다.

무기를 들고 있으면 듀란이 공격해오니 잘못된 각도로 공격을 막거나 운이 어지간히 나쁘지만 않으면 죽을 걱정도 없었다.

방금 남자가 날아가는 걸 목격했는데도 용기 내서 한 번 해볼까 거친 숨을 몰아쉬는 자들이 있었다.

그때, 제일 먼저 누군가가 손을 들었다.

"……호오."

듀란은 그 인물을 바로 발견했다. 양손으로 들어야 할 것 같은 대검을 한 손으로 가볍게 들어 칼끝으로 그를 가리켰다.

"거기 있는 남자…… 아니, 애송이라고 해야겠군. 내려와라."

손을 든 리오를 응시하며 지명했다.

"……."

리오는 말없이 꾸벅 인사하고 계단을 내려가 듀란이 기다리는 안뜰 중앙으로 갔다. 구경꾼들이 조금 어이없어하며 길을 만들었다.
“어이, 어이, 어이.”
“죽겠어. 저 꼬마.”
“장비는 좋은데.”
한 발 늦은 모험가들이 정신을 차리고 흔해빠진 말을 중얼거렸다.
듀란과 리오는 신장 차이도 있고 몸무게도 달랐다. 모험가들은 성장 중인 소년의 몸으로 막을 수 있을 만큼 듀란의 공격이 약하지 않다고 생각했다. 얕볼만했다.
“애송이, 만약 내 공격을 막아낸다면 상으로 무엇을 원하나?”
듀란이 재미있는 사냥감을 찾은 것처럼 날카로운 눈으로 리오에게 말을 걸었다.
“천상의 사자단, 단장, 루시우스 오르귀의 소재.”
리오는 망설임 없이 보상을 말했다.
“……호오? 좋다. 그럼 검을 뽑아라.”
듀란은 눈을 살짝 크게 뜨더니 입꼬리를 씩 끌어올렸다.
“실례합니다.”
리오는 운을 떼고 허리에 찬 검집에서 애검을 뽑았다. 아름다운 소리가 나며 얼룩진 데 없이 빛나는 날이 드러냈다.
구경꾼들은 자기도 모르게 시선을 고정하고 숨을 삼켰다. 흔해빠진 말을 하던 모험가들의 목소리도 사그라들고 안뜰이 고요해졌다.

"재미있군. 마검인가. 네가 바라는 보상에 걸맞은 일격을 선물해주지. 나를 실망시키지 마라."

듀란의 힘찬 목소리가 울려 퍼졌다.

"노력하겠습니다. 언제든 시작하시죠."

리오는 검을 겨누고 준비를 마쳤다는 취지를 전달했다.

"신호는 안 준다……."

듀란의 분위기가 날카로워졌다. 놀이가 아닌 실전의 분위기가 지배했다. 구경꾼 중 누군가가 꿀꺽 침을 삼킨 순간.

"……."

듀란은 말없이 힘차게 지면을 박찼다. 10미터는 되는 리오와의 거리를 단숨에 좁히고 치켜든 검을 휘둘렀다.

"앗……!"

눈으로 담을 수 없는 빠른 움직임에 구경꾼들이 듀란의 모습을 놓쳤다. 지금까지 듀란이 얼마나 봐줬는지 이해한 순간이었다.

한편, 리오는 듀란의 움직임을 놓치지 않았다. 공격을 막는다는 규칙 때문에 피할 수 없으니 검을 들고 방어 자세에 들어갔다.

챙! 부딪치는 소리가 울려 퍼졌다. 리오는 꼼짝하지 않고 자신의 검으로 류단의 마검을 막았다.

"……너, 지금 뭘 한 거지?"

듀란이 검을 겨눈 채 여우에 홀린 얼굴로 물었다.

"막았습니다."

"막았다고? 핫!"

리오가 질문 의도를 파악하지 못했는지 의아해하며 대답하자 듀란이 즐거운 웃음을 흘렸다.

"그럼 이 반응은 뭐지? 난 뭘 베려고 한 거냐?"

듀란은 질문을 고쳤다. 분명히 리오의 검에 자신의 검을 부딪쳤는데 반응이 없었다.

"그건 제가 위력을 흘려내서 그런 것 같습니다만……."

"……그 순간에? 내 공격을?"

듀란도 상대의 공격을 막을 때 위력을 뒤로 흘려낼 줄 알아서 방법은 눈치채고 있었다. 하지만 못 믿겠다는 듯이 눈이 휘둥그레졌다.

"네."

리오는 차분하게 대답했다.

"핫, 으하하하하하!"

듀란이 웃음을 터뜨렸다.

"……."

리오는 조금 민망해하며 우두커니 서 있었다.

"루시우스 오르귀의 소재는 잠시 기다리도록. 내일까지는 알려줄 수 있을 거다."

한바탕 웃은 듀란이 목을 가다듬고 말했다.

"어디 있는지 아십니까?"

"가까이 있다고 말해두지. 녀석도 너…… 아니, 귀공을 찾고 있을 테니. 가르아크 왕국의 검은 기사, 하루토 아마카와.”

“…….”

내 정체를 어떻게 알았지? 리오는 경계하며 듀란을 쳐다보았다.

“녀석이 전언을 부탁했다. 녀석이 어디 있는지 알아내기 위해 귀공이 나를 찾아올지도 모른다고 전해들었거든. 편리해서 녀석을 돈으로 고용한 적은 많지만, 동료는 아니야. 중립도 아니지만.”

듀란이 의미심장하게 말하고 웃었다.

“왜 지금 당장 가르쳐주지 않으십니까?”

리오가 물었다.

“일단은 보수를 받기로 하고 전언을 부탁받은 몸이라서 말이다. 쓸데없는 말은 하지 말라더군. 이 나라 어딘가에 있다고 전해들었지만, 구체적인 장소는 모른다. 오늘 안으로 녀석이 메시지를 보내면 귀공에게 녀석이 어디 있는지 알려주겠다고만 말해두지. 어쩌면 몇 분 뒤에 올지도 모르고? 내가 할 수 있는 말은 이 정도다.”

“…….”

“불만인가?”

리오가 침묵하자 듀란이 씩 웃으며 물었다.

“……아뇨.”

리오는 천천히 고개를 저었다. 루시우스가 자신의 동향을 예상했으니 함정을 팠을 가능성이 커서 완전히 뒤쳐진 상황이지만, 그렇다고 손 쓸 방법이 있지도 않았다.

"귀공, 머무는 곳은?"

"아랫 마을 여관에 방을 잡았습니다만……."

"그럼 돌아가는 길에 내 기사가 따라가게 하지. 루시우스의 소재를 알아내는 대로 그곳으로 사자를 보내겠다. 성에 머물고 싶다면 따로 방을 마련해주겠어."

"……어디 안 도망갈 테니 여관에 있겠습니다."

장소를 알아내기 위해 미행을 붙이겠다는 당당함에 리오는 조금 당황했다.

"아쉽군. 귀공과 술이라도 한 잔 마시며 이야기하고 싶은데……."

듀란은 말 그대로 탄식하며 아쉬워했다.

'이상해.'

이야기해보고 느낀 거지만, 듀란은 겉과 속이 똑같은 것 같았다. 나름 지키는 선이 있는 모양이지만, 순전히 흥미로 자신을 알아보려는 것 같았다.

"하는 수 없지. 녀석과 계약한 걸 깰 수도 없고. 가라."

듀란은 망설이는 표정을 보였지만, 고민을 잘라내듯이 리오에게 돌아가라고 했다.

"……네."

리오는 석연치 않은 기분으로 왕성을 떠났다.

몇 시간 후.

파라디아 왕국 왕도를 벗어나 서쪽에 있는 숲속. 누군가가 크리스티나와 플로라가 전이한 곳 옆에 있는 오두막에 들렀다.

"……."

남자는 썰렁한 오두막 현관을 열었다. 인기척은 없었다. 손에 든 램프로 안을 비추며 성큼성큼 안으로 들어갔다.

역시나 오두막에는 아무도 없었지만, 창고에 있던 식자재가 줄었고 침실에 있는 침대 시트가 없어지는 등 누군가가 오두막에 있었다는 것을 확인했다.

"핫, 도망쳤군. 곱게 자란 줄로만 알았는데 대담한 면이 있어."

남자, 루시우스는 코웃음 치며 오두막을 나갔다. 그는 주변 지면을 관찰했다. 아마추어 둘이 숲속을 이동했다. 초목을 밟은 흔적이 반드시 남아있을 것이었다.

"오두막을 떠난 지 겨우 몇 시간. 안 놓친다."

루시우스는 고요한 숲속에서 먹이를 사냥하는 짐승처럼 천천히 걸음을 뗐다.

정령환상기

【 제 6 장 】 ❈ 왕녀 자매의 행방

크리스티나와 플로라가 파라디아 왕국 숲으로 전이한 다음 날 오후. 두 사람은 숲을 탈출하기 위해 묵묵히 걸었다. 조금씩 쉬었지만, 아침부터 계속 걸었으니 벌써 몇 시간 넘게 걷기만 했다.

플로라의 치유마법으로 육체 피로는 조금 덜었지만, 정신적인 피로는 덜 수 없었다. 이런 극한상태에 내몰린데다 새벽에는 플로라가 거미에 물리는 소동까지 벌어져서 정신적인 피로는 이미 한계를 넘었다.

"괜찮아? 플로라."

크리스티나는 종종 걸음을 멈추고 뒤따라 걷는 플로라를 신경 썼다.

"네."

플로라는 땀이 난 얼굴로 힘차게 웃으며 말했다.

"아까부터 비틀거리는데."

조금 전에 막 휴식을 취한 참이었다.

"에헤헤…… 음, 배가 고파서 그런 것 같아요. 걸을 때는 배고픔이 잘 안 느껴지지만."

"미안해. 시간 감각이 없어졌나 봐. 점심 먹자."

걷느라 바빠 공복감이 마비된 걸까. 다만, 몸이 기아 상태에 접어든 것은 확실했다. 사고력이 저하된 것이 그 증거였다.

"네."

플로라는 웃으면서도 짙은 피로가 느껴지는 얼굴로 고개를 끄덕였다. 크리스티나는 플로라를 쉬게 하고 홀로 점심을 조리했다.

메뉴는 어제 오후, 밤, 그리고 오늘 아침에 먹은 것과 똑같았다. 곡물과 보존식량 고기를 끓여 소금으로 간만 맞춘 수프. 그리고 말린 딱딱한 빵.

맛도 없고 네 끼 연속 같은 메뉴라 질렸지만, 사치스러운 소리를 할 때가 아니었다.

'여행하는 동안 아마카와 경과 오피아 씨가 만들어준 요리가 얼마나 귀중한 지 뼈 저리게 알겠어.'

냄비에 끓는 수프를 내려다보는 크리스티나의 심경이 복잡해졌다. 그러나 감상에 젖을 때가 아니었다.

"거의 다 됐어. 준비는…… 플로라?!"

크리스티나는 마음을 고쳐먹고 뒤에서 쉬는 플로라를 돌아보았다. 모포를 두르고 축 늘어진 동생을 발견하자 온몸이 차가워졌다. 요리를 두고 황급히 달려갔다.

"하아, 하아…… 언니."

플로라가 거친 숨을 내쉬며 대답했다.

"왜 그래?"

"괜찮아요. 조금 피곤해서."

"땀이 엄청 나. 모포는 왜 두르고……."

크리스티나는 손수건을 꺼내 플로라의 땀을 닦아줬다.

"괜찮, 아요. 추워요."

모포를 벗기려고 했지만, 플로라는 모포를 놓지 않았다. 달아오른 얼굴만 내놓고 몸을 웅크렸다. 눈이 초점 없이 흔들렸다.

"……모포 치워봐."

크리스티나는 뭔가 안 좋은 예감이 들어 한참 침묵하다가 플로라의 손을 잡고 말했다. 그리고 다시 모포를 벗겼다. 포기했는지, 아니면 힘이 없는지 모포는 쉽게 풀렸다.

"조금 전에 쉬고부터 갑자기 목덜미가 뜨거워져서 모포를 두르고 디톡시파이와 힐을 썼지만……."

오늘 아침, 플로라가 거미에 물린 곳이 검게 물들었다. 플로라는 사그라질 것 같은 목소리로 변명했다.

"……미안해."

크리스티나는 후회하며 사과했다. 숲을 벗어나는데 급급해 평소 같았으면 쉽게 알아챘을 플로라의 이변을 알아차리지 못했다.

'독이 몸에 퍼진 상태로 몇 시간이나 걷다니…….'

왜 플로라는 지금까지 말하지 않았을까. 말해도 소용이 없다는 걸 알기 때문이었다.

"왜 언니가 사과해요? 저야말로 죄송해요. 사실 배 안 고파요. 그런데, 좀 쉬고 싶어서……."

"아, 정말……. 바보구나. 정말 바보야. 그랬으면 말했어야지."

크리스티나는 참지 못하고 눈시울을 누르며 말했다. 바보라는 말은 자신을 향한 것이었다.

"하지만……."

"하지만은 무슨. 물 마실래? 밥은?"

"물을……."

"자."

입가에 컵을 대주자 플로라가 꿀꺽꿀꺽 물을 마셨다.

"밥은, 죄송해요. 기껏 만들었는데……."

플로라가 괴로운 얼굴로 사과했다.

"그런 건 됐어. 이제부터 널 업고 이동할 거야. 조금이라도 빨리 탈출해야……."

플로라의 몸을 잠식하는 독이 치명적인 것 같지는 않지만, 안심할 수 없었다. 지금 당장 출발해야 했다.

'식자재만 조금 챙기고 나머지는 여기 두고 가자.'

소지한 짐을 둘러본 크리스티나는 수프를 끓인 불을 끄고 곧바로 필요한 짐만 골라 챙겨 자리를 떠났다.

한 시간이 지났다. 크리스티나는 1초라도 빨리 숲을 벗어나기 위해 플로라를 업고 걸었다.

역시 한계였는지 플로라는 고열에 의식을 잃었다.

"하아, 하아……."

크리스티나의 숨이 거칠었다. 안 그래도 피곤한데 한 사람을 업고 걷기 힘든 숲속을 걸었으니 당연한 일이었다.

걷기 불편해서 구두도 버렸다. 맨발로 걷느라 돌과 잔가지를 밟아 상처가 나고 피가 나는지 뜨거운 통증에 시달렸다.

숲 공기가 서늘했지만, 계속 걷느라 몸의 열이 조금도 식지 않았다. 흥건한 땀 때문에 드레스가 달라붙어 기분이 찝찝했다. 열이 나는 플로라를 업은 등 쪽은 아예 흠뻑 젖었다.

그러나 크리스티나는 조금도 신경 쓰지 않고 걸었다. 절대 걷는 속도를 늦추지 않았다. 힘들 때는 자기 자신에게 약해지지 않으려고 일부러 더 빨리 걸었다.

그렇게 걸어도 걸어도 탈출할 수 없는 드넓은 숲을 한 발, 한 발, 크리스티나는 강철 같은 강한 정신력으로 전진했다.

"꺅?!"

그러나 크리스티나는 초목에 발이 걸려 플로라를 업은 채 앞으로 고꾸라졌다.

"으으, 아파……. 괘, 괜찮니? 플로라."

황급히 등에 업은 플로라에게 물었지만, 정신이 든 것 같지 않았다. 숨이 거칠고 축 늘어진 채였다.

'일어날 수가 없어…….'

크리스티나는 가는 팔로 몸을 지탱하며 어떻게든 일어

나려고 했다. 땀에 젖은 아름다운 드레스에 흙이 묻어 더러워졌지만, 신경 쓰는 기색도 없었다.

팔에 힘을 주기 어려웠다. 정신은 어떤지 몰라도 몸이 비명을 질렀다. 마치 추라도 매단 것처럼 몸이 무거웠다. 이대로 쓰러지고 싶은 충동에 시달렸다.

'빨리 숲을 나가야 해. 플로라를 위해!'

크리스티나는 기백으로 팔에 힘을 실었다. 잠시 뒤, 갓 태어난 새끼사슴처럼 몸을 떨며 일어났다.

'일어났다……. 어느 쪽으로 걷고 있었더라……? 앞으로 넘어졌으니까 앞인가. 이제 나무에 올라 방향을 확인해야 해.'

뇌에 당분이 보급되지 않아서 그런지 크리스티나의 머리 회전이 느려졌다. 한순간 어디가 앞이고 뒤인지 헷갈려 진로에 의식을 집중했다. 이 방향이 맞는지 불안해졌다.

나무에 올라 확인했지만, 크레이아에서 로다니아로 여행하는 동안 리오가 한 것처럼 꼼꼼하게 확인한 게 아니었다.

만약 방향을 틀렸다면? 그래서 오늘 내로 숲을 탈출하지 못한다면? 짐승이나 마물이 공격하면? 지금 크리스티나는 마법으로 물도 만들지 못했다. 자기는 몰라도 플로라는 숲 속에서 하룻밤을 더 버틸 수 있을까?

숲을 탈출하는 걸 얕본 건 아니지만, 한 가지 불안을 시작으로 눈 돌리고 있던 다른 불안이 차례로 머릿속을 스쳤다.

'어떡하지……?'

자기가 옆에 있으면서도 플로라를 구하지 못한다면……. 최악의 사태를 상상한 크리스티나의 얼굴이 새파래졌다.

"……방향을 확인하자."

크리스티나는 약한 마음을 떨쳐내듯 세차게 고개를 젓고 지금 자기가 해야 하는 일을 일부러 소리 내어 말했다.

"미안해, 플로라. 잠깐 쉬고 있어."

크리스티나는 플로라를 나무에 기대게 하고 근처에 있는 오르기 쉬워 보이는 나무로 다가갔다. 그리고 천천히 나무에 올랐다.

아직 해가 떠 있었다. 오늘 내로 숲을 나가기 어렵지 않을까 불안했지만, 나무에 올랐다.

이윽고 나무 꼭대기에 다다랐다.

'피곤해…….'

크리스티나는 피곤함을 느끼며 우선 해 위치를 확인했다. 아직 밝았다. 그러나 몇 시간도 안 돼서 노을이 질 터였다.

이어서 주변 풍경을 둘러봤다.

'연기가 근처에서 나……. 숲의 끝이 보여.'

인가 표시인 연기를 포착했다. 저 끝에 숲이 끝나는 곳이 보였다. 드디어 숲을 나갈 때가 다가왔다는 뜻이었다.

"나갈 수 있어……. 나가는 거야. 숲 밖으로……. 내려가자."

크리스티나는 메마른 입으로 꿀꺽 침을 삼켰다. 잠시 뒤 정신을 차리고 땅으로 돌아가기 위해 나무를 타고 내려가기 시작했다.
"언니……."
땅에 내려서자 플로라가 의식을 되찾았다.
"플로라! 다행이야, 정신이 들었구나……. 숲 밖이 보여. 근처에 인가가 있는 모양이야. 곧 숲을 나갈 수 있어."
크리스티나가 안도해서 가슴을 쓸어내렸다.
"정말, 요? 다행이다……."
"응. 가자. 자, 업혀."
"그 전에, 컵을…… ≪크리에이트 워터≫. 자, 드세요."
플로라는 옆에 있던 짐이 든 모포에서 컵을 꺼내 주문을 외워 물을 만들었다. 작은 술식이 떠오르고 물이 쏟아져 컵을 채웠다.
"……네가 먼저 마셔."
크리스티나는 천천히 고개를 젓고 컵을 든 플로라의 손을 밀었다.
"언니, 계속 걸었잖아요. 먼저 드세요. 저도 제 거 만들게요."
플로라가 가냘프게 웃고 다른 컵을 꺼내 새로 주문을 외웠다.
"고마워."
크리스티나는 고개를 끄덕이며 고마워하고 우아하게 컵을 입으로 가져갔다. 목이 많이 말랐는지 단숨에 컵을 비웠다.

"……하아, 살겠다."

크리스티나가 황홀한 표정으로 말했다.

"다행이다. 저도 언니가 업어줘서 좀 나아진 것 같아요."

플로라도 컵의 물을 마시며 말했다.

"움직이면 열이 오르나 봐. 아직 열이 엄청나니까 계속 업을게. 그래도 힘들면 말해."

"……네. 고맙습니다."

플로라가 미안해하며 고마움을 표시했다. 그로부터 몇 분 뒤, 수분을 보급하고 한숨 돌린 두 사람은 숲 밖으로 탈출하기 위해 출발했다.

크리스티나가 걷기 시작하자 플로라는 다시 기절하듯 잠들었지만, 숲을 나갈 시간이 가까워진 것은 분명했다. 크리스티나는 그 미래에 의지해 스멀대는 불안을 억누르고 걷는 데 열중했다.

그렇게 걷기를 몇십 분.

"나왔다……."

크리스티나는 드디어 숲 밖에 도착했다. 나무 아닌 풍경을 보는 게 아주 오랜만인 것 같아 잠시 어안이 벙벙했다.

숲 밖은 완만한 구릉지대였고 전망이 좋았다. 숲과 떨어진 곳에 마을로 보이는 건물이 있었다.

순간, 안도감에 피곤이 몰려왔다.

"마을이야……. 약사가 있는지 물어봐야 해."

크리스티나는 얼마 남지 않은 힘을 쥐어 짜내 비틀비틀

마을로 접근했다.

피로가 쌓이고 가혹한 숲에서 탈출하기에 바빴던 크리스티나는 잊고 말았다. 바로 코앞까지 쫓아왔을지도 모르는 불안을…….

"하하, 고생했다."

플로라를 업고 언덕을 내려가 마을로 가려는 크리스티나의 뒷모습을 숲속에서 응시하는 자가 있었다. 루시우스였다.

귀하게 자란 크리스티나와 플로라에게는 가혹한 환경이었지만, 루시우스에게 이 숲은 집 안마당이나 다름없었다. 별 고생도 않고 두 사람을 찾아내고는 악전고투하는 왕녀 자매의 무참한 모습을 관찰했던 것이었다.

'상태를 보니 마을에서 쉬겠군. 이쪽은 일단 냅두고 듀란에게 가볼까.'

리오도 이미 듀란을 만났을 터였다. 결전의 때가 다가왔다. 루시우스는 득의양양하게 웃고 이곳으로 바로 돌아올 수 있도록 전이결정 좌표를 설정하는 마도구를 언덕 위에 던졌다.

"곧 돌아올게, 공주님들. ≪텔레포트≫."

주문을 외우자 루시우스가 사라졌다.

장소는 다시 파라디아 왕도로 이동한다.

리오가 듀란과 내기한 후 하루가 지나고 크리스티나와 플로라가 마을에 도착한 지 얼마 안 됐을 무렵.

리오는 어제부터 여관 밖으로 한 발자국도 나가지 않았다. 언제 듀란의 사자가 올지 모르니 여관을 비우고 싶지 않았다.

시공의 장에 넣어둔 책을 꺼내 읽어보기도 했지만, 내용이 머리에 들어오지 않았다. 드디어 루시우스의 단서를 잡았기 때문인지 평소와 다르게 흥분한 모양이었다.

'안 돼. 마음을 가라앉혀야 해…….'

리오는 책을 덮고 심호흡했다.

그때, 똑똑 방문을 두드리는 소리가 났다.

"네!"

리오는 설마 하며 힘차게 의자에서 일어나 평소보다 큰 소리로 대답했다. 충분히 경계하며 무슨 일이 벌어져도 움직일 수 있게 긴장하고 살짝 문을 열었다. 그곳에는 예상하지 못한 인물이 있었다.

"듀란 전하……."

리오가 놀라서 그 이름을 불렀다. 설마 제1 왕자가 직접 여관에 올 줄은 몰랐다.

심지어 호위도 없었다. 복도에 다른 사람의 기척이 없었다.

'정말 호위 없이 온 건가? 발걸음이 너무 가벼운 거 아니야?'

그런 생각이 들었지만, 이 나라에 와서 조사해보니 원래 성격이 그렇다는 걸 알 수 있었다.

"왜 그러나, 기막힌다는 얼굴로?"

덩치 큰 듀란이 리오를 내려다보며 말했다.

"아뇨, 전하가 직접 오실 줄은 몰랐던지라……. 무슨 일이십니까?"

리오는 생각을 멈추고 물었다.

"보상. 녀석이 어디 있는지 알아내서 전해주려고 왔다."

이런 변두리 여관에 묵었냐는 듯이 듀란이 방을 신기하게 둘러보며 말했다.

"그 남자는 어디에 있습니까?"

리오가 숨을 삼키며 물었다.

"이 왕도에서 길을 따라 서쪽으로 30킬로미터 정도 가면 큰 숲이 있다. 그 앞에 마을이 있는데 녀석이 그곳에서 귀공을 기다리겠다고 했어."

"……마을에서?"

"왜 그런 곳에서? 라는 듯한 얼굴이군."

듀란이 꿰뚫어본 것처럼 말했다.

"이유는 말하지 않던가요?"

"그 마을에 귀공과 연관된 사람들이 있는 모양이야."

"……대체 무슨 뜻일까요?"

리오는 움찔하며 반응했다. 연관된 사람이라는 말이 신경 쓰였다. 안 좋은 예감이 들었다.

"글쎄다. 그 이상은 모르지만, 표정이 위험했어. 신경 쓰이면 서두르는 게 좋지 않겠나?"

듀란이 가볍게 어깨를 으쓱하며 리오를 재촉했다.

"실례하겠습니다."

"그래."

리오는 그대로 방을 나갔다. 미리 준비하고 있었던지라 챙길 짐이 없었다.

안에는 듀란만 남았다. 그는 방을 나가 그대로 옆방 문을 열고 들어갔다.

"자, 이러면 되나? 루시우스. 전부 네가 원하는대로 했다만……."

"네. 감사합니다."

루시우스가 일어섰다.

"잠깐 못 본 사이에 정말 많이 바뀌었어. 너를 그렇게까지 괴롭히다니 엄청난 남자로군, 저 녀석……."

듀란은 눈앞에 있는 루시우스를 뚫어져라 바라보았다. 왼쪽 눈에는 안대를 썼고 왼팔에는 붕대를 어마어마하게 감고 있었다. 분위기도 이전보다 날카롭고 눈속에는 평범한 사람은 품지 않을 강한 증오가 엿보였다.

"공교롭게도 잡담할 시간 없어. 레이스 그놈이 바로 이 변을 알아차리고 다시 당신을 찾을 테니 먼저 그놈을 기다리고 있어야 해. 따라올 거면 입다물어줘야겠어."

루시우스의 기분이 대놓고 나빠졌다. 예전 같으면 계약

상대인 듀란에게는 일단 존댓말을 썼을 테지만 지금은 리오 이야기가 나오자 갑자기 흥분했다.

하지만 듀란은 루시우스가 레이스를 따돌리는 걸 도와준 인물이었다. 루시우스를 놓치고 듀란을 찾아온 레이스에게 거짓 정보를 쥐어주고 보낸 것이 어제 저녁의 일로, 지금쯤 레이스는 듀란에게 지시해 리오를 유도할 예정이었던 곳을 헤매며 루시우스를 찾고 있을 터였다.

"좋다. 대신 녀석과 네 승부를 보여줘. 왕녀 자매 중 어느 쪽을 보수로 받을지 확인도 해야 하고."

듀란은 신경 쓰지 않고 제멋대로 행동했다. 루시우스에게 협력한 보답으로 리오와의 대결을 구경하게 해달라고 했다. 듀란이 없으면 레이스를 따돌릴 수 없었을 테니 루시우스는 마지못해 허락했다.

"흥……. ≪텔레포트≫."

그렇게 두 사람은 크리스티나와 플로라가 있는 마을로 향했다.

정령환상기

【 제 7 장 】 ❈ 사투 끝에

루시우스가 듀란이 있는 곳으로 전이한 직후.

크리스티나는 의식을 잃은 플로라를 업고 숲 밖에 있는 마을에 들어섰다.

마을은 매우 조용했지만, 여기저기 돌아다니는 사람들이 눈에 들어왔다. 마을 사람들도 크리스티나를 봤는지 탐색하는 시선을 보냈다. 폐쇄적인 마을인지 마을 사람에게 말을 걸기 어려운 분위기가 감돌았다.

"저기……."

실제로 크리스티나가 바라보며 말을 걸려고 하자 불편한 얼굴로 시선을 피했다.

이 정도로 주눅 들어서는 안 됐다. 크리스티나는 한 남자를 발견하고 다가갔다. 남자의 나이는 스무 살 정도로 보였다. 작은 집 옆에서 힘 쓰는 일을 하느라 크리스티나가 다가오는지 몰랐다.

"저기, 잠시만요."

크리스티나가 뒤에서 말을 걸었다.

"……아, 어라. 누구신지?"

마을 사람이 흠칫하며 돌아보았다. 플로라를 업은 크리스티나를 보고 몸이 굳었다. 자기에게 말을 건 줄 몰랐는지 주위를 둘러보더니 자기 외에는 아무도 없는 것을 확인하고 대답했다.

"마을에 약사가 있나요?"

크리스티나가 정중하게 물었다.

"약사……는 촌장님이 겸임하고 있죠."

남자가 중얼거리듯이 대답했다.

"괜찮다면 데려다주시겠습니까? 동생이 독거미에 물려 열이 나요."

크리스티나는 간단하게 사정을 설명했다.

"……그래요."

남자는 엉망인 드레스를 입은 두 사람을 수상하게 쳐다봤지만, 고개를 끄덕이고 먼저 걸음을 뗐다. 크리스티나는 그를 뒤쫓아갔다.

도중에 대화는 전혀 없었지만, 안내해준 남자가 힐끗힐끗 고개를 돌려 신기하게 쳐다보았다.

'눈에 띄겠지, 꼴이 이래서야.'

크리스티나는 자기 꼴을 보고 불편해졌다.

"뭐 하나 물어봐도 될까요?"

"뭐를요?"

크리스티나가 말을 걸자 앞서 걷던 남자가 움찔하며 돌아보았다.

"여기가 어디인가요?"

크리스티나가 모호한 질문으로 이곳이 어디인지 물었다.

"어디? 파라디아 왕국 서쪽……? 마을을 나간 적이 거의 없어서 잘은 몰라요."

이상한 질문을 하는 사람이라고 생각했는지 남자가 고개를 갸웃거리며 대답했다.

"그렇군요……."

살짝 표정이 굳은 크리스티나가 어색하게 맞장구쳤다.

'로다니아와 멀어. 심지어 프로키시아 제국의 동맹국……'

기껏 숲을 나왔지만, 상황이 안 좋았다. 슈트랄 지방 유수의 대국인 벨트람 왕국의 영향력은 이곳에서 도움이 되기는 커녕 족쇄가 될 수도 있었다.

'플로라를 업고 여행할 수 있는 거리가 아니야. 어떡하지……'

가혹한 현실을 마주한 크리스티나의 표정이 굳어만 갔다. 일단 플로라를 좀먹는 독을 어떻게든 해야 하겠지만, 그다음엔 어떻게 해야 할지 묘안이 떠오르지 않았다.

결국, 벨트람 왕국으로 귀환하는 계획은 떠올리지 못한 채, 촌장의 집에 도착했다.

"이곳이 촌장님 댁이에요. 사정을 설명할 테니 잠시만요."

남자가 말하고 홀로 집으로 들어갔다. 크리스티나가 현관 앞에서 1분 정도 기다리자 남자가 나왔다.

"촌장님이 만나신다네요. 들어가세요."

"실례하겠습니다."

크리스티나는 플로라를 업은 채 가볍게 인사하고 안으로 들어갔다. 안으로 들어가자 나온 거실에 촌장으로 보이는 중년 남성이 기다리고 있었다.

안내해준 남자가 촌장으로 보이는 남자 옆에 섰다. 그 옆에는 남자 또래로 보이는 다른 남자가 서 있었다. 지저분한 드레스를 입은 크리스티나와 플로라를 흥미롭게 바라보았다.

"아이고…… 어서 오세요. 이 마을의 촌장입니다. 이야기는 대강 들었습니다. 약사를 찾고 있다지요?"

중년 남성이 촌장이라고 밝히며 허리 숙여 인사했다.

"네. 동생이 숲속에서 독거미에 물렸습니다. 해독할 수 있는 약초를 알려주시거나 진찰해주실 수 있을까요?"

"네, 전 괜찮습니다만…… 혹시 귀족이십니까?"

촌장이 크리스티나를 살펴보았다. 지저분하지만, 드레스를 입어서 그렇게 생각한 것 같았다.

"네."

정확하게는 왕족이지만, 크리스티나는 정정하지 않고 고개를 끄덕였다.

"역시 그랬군요. 뒷일은 내가 맡으마. 너희는 어서 돌아가."

촌장은 옆에 서 있는 마을 젊은이들을 내쫓았다. 하지만 둘 다 나가고 싶지 않은지 우두커니 서 있었다.

"방해돼. 귀족 여성분을 치료하는데 너희를 동석시킬 수는 없어. 어서 나가."

촌장이 지겹다는 듯 두 사람을 노려보며 위협했다.

"아, 알았어."

두 사람은 얼굴을 마주 보고 담담히 밖으로 나갔다.
“젊은이들이 실례했습니다.”
촌장이 머리를 숙였다.
“아닙니다. 저야말로 배려해주셔서 감사합니다.”
크리스티나도 마주 인사했다.
“그럼 바로 진찰해보겠습니다. 1층 안쪽에 객실이 있으니 그쪽으로 가시죠. 제가 업고 싶지만, 공교롭게도 허리가 아파서요.”
촌장이 이동을 권하고 뒷말은 쓴웃음 지으며 말했다. 두 사람은 객실로 이동했다.
“그런데 대체 어쩌다 귀족께서 숲에? 그것도 두 분만…….”
이동 중에 촌장이 의문을 꺼냈다.
“탈것을 타고 여행하던 중에 도적을 만났습니다. 동생과 간신히 숲으로 도망친 것까진 좋았습니다만…….”
크리스티나가 재치를 발휘해 대답했다.
“세상에…… 큰일을 당하셨네요. 지금쯤 두 분이 없어져서 큰 소란이 벌어졌겠어요.”
촌장은 그 말을 믿는지 걱정하며 말했다. 귀족의 말이었다. 설명이 모순되고 수상한 점이 없는 한은 의심할 리 없었다. 크리스티나가 목걸이를 찬 건 조금 신경 쓰이겠지만…….
“……네, 아마도.”
“동생분도 계시니 오늘은 저희 집에 묵으시죠. 만족스럽지는 않겠지만, 따뜻한 식사도 대접하겠습니다.”

"감사합니다."

"자, 들어와서 눕혀주세요."

객실에 도착하자 촌장이 안쪽으로 안내했다. 크리스티나는 침대로 이동해 플로라를 눕혔다.

"……언니?"

플로라가 어렴풋이 의식을 되찾았는지 살짝 눈을 떴다.

"마을 약사님이 봐주실 거야."

크리스티나는 동생을 안심시키려고 다정하게 웃었다.

"……고맙습니다."

플로라는 옆에 있는 촌장을 보고 가냘프게 감사를 표했다.

"아닙니다. 독거미에 어디를 물리셨나요? 물렸을 때의 상황과 물리고 얼마나 지났는지도 가르쳐주세요."

촌장은 고개를 젓고 진단하기 시작했다.

"독거미에 물린 건 새벽녘이었습니다. 환부는 목덜미고요. 즉시 해독마법을 썼지만, 효과가 없었나 봅니다. 점심 늦게까지 걸었어요. 그러다 독이 전신에 퍼졌는지 열이 나며 의식을 잃었습니다."

크리스티나가 플로라 대신 대답했다.

"그랬군요. 잠시 실례하겠습니다……. 흠, 흠."

촌장은 플로라에게 다가가 머리카락을 치우고 환부를 살폈다. 그리고 검은 멍 같은 부종을 발견했다.

'검은 멍이군. 이 증상을 일으키는 독거미가 숲속에 있긴 해. 내버려 두면 점점 피부가 검게 물들다가 마지막에는 괴사를 일으키지. 물린 직후에 농도가 진한 알코올을 환부에 적시면 낫는다고 들었지만, 이렇게까지 증상이 진행되면 나도 해독할 방법을 몰라. 증상이 악화하면 감염되는 사례도 있다고 들었는데…….'

촌장은 생각하며 플로라의 목덜미에 난 멍을 물끄러미 보았다. 만약 플로라의 몸을 침식하는 것이 감염증 종류라면 증상이 증상인만큼 성가셨다.

그보다 전염돼서 마을에 퍼지는 게 무서우니 당장 떠났으면 좋겠다. 하지만 귀족을 상대로 솔직하게 말하기가 꺼려졌다.

"플로라는 괜찮습니까?"

크리스티나가 촌장에게 물었다.

"……좋지는 않군요."

촌장은 괴로운 표정으로 대답했다.

"나, 나을 수 없습니까?"

크리스티나의 얼굴이 파랗게 질렸다.

"안타깝게도 저는 못 고칩니다. 귀족의 의사라면 모를까……. 그리고 이 증상은 독이 아닐 수도 있습니다."

촌장이 조금 자신없게 넌지시 말했다.

"……독이 아닐 수도 있다?"

"감염증일지도 모릅니다. 내버려 두면 피부가 점점 검게 썩어들어갑니다. 물린 직후라면 치료했을지도 모르지만, 시간이 지나고 치료했다는 이야기는 들은 적이 없습니다.

안타깝습니다…….”

“그럴 수가…….”

크리스티나의 얼굴이 점점 창백해졌다.

“…….”

감염될까 봐 무서우니 마을에서 나가주시겠습니까? 그 한마디가 목구멍에서 튀어나오려고 했지만, 상대가 귀족이라 삼켰다.

“플로라는, 죽나요?”

크리스티나가 숨을 삼키며 물었다.

“모릅니다. 괴사가 점점 퍼진다고 들었습니다만……. 물린 곳이 목이라 위험할 수도 있겠습니다. 감염될 우려가 있으니 너무 가까이 있지 않는 편이 좋습니다.”

“…….”

가까이 있지 않는 편이 낫다? 할 수 있을 리가. 무심코 거칠게 반박할 뻔했지만, 크리스티나는 촌장에게 플로라는 병원균이라고도 할 수 있는 민폐스러운 존재라는 것을 깨닫고 말을 삼키지 않을 수 없었다.

“크, 큰일이야! 아버지!”

열려있던 문에서 조금 전에 나갔던 두 남자가 나타났다. 달려왔는지 둘 다 숨이 거칠었다.

“뭐, 뭐야?”

촌장이 심상치 않은 분위기에 당황하며 물었다.

“나라의 대단한 양반이 마을에 왔어!”

"……뭐라고?"

촌장은 끼기기긱 소리가 날 것처럼 천천히 크리스티나와 플로라를 보았다.

'설마 나와 플로라를 찾으러 온 거야? 그럼 파라디아 왕국도 이번 일과 연관이 있는 건가?'

크리스티나는 머리를 굴렸지만, 정보가 부족해 단정하지 못했다.

"뭐 짐작가는 거라도……?"

"……모르겠습니다."

촌장의 물음에 크리스티나는 조심스럽게 고개를 저었다.

"여." "실례하지."

직후, 문으로 새로운 두 남자가 나타났다. 루시우스와 듀란이었다.

"앗?! 크윽……."

크리스티나는 반사적으로 일어나 싸우려고 했다. 그러나 지금 자신이 마봉의 목걸이로 마법이 봉인된 것을 뒤늦게 알아차렸다.

"호오. 제법 앙칼진데."

듀란이 흥미를 보이며 눈을 크게 떴다.

"언니인 크리스티나 벨트람입니다."

루시우스가 말했다. 그들은 성큼성큼 방안으로 들어왔다.

"그럼 저기 누워있는 아가씨가 동생인 플로라 벨트람인

가. 흠, 다 죽어가는 것 같은데…….”

듀란의 시선이 침대에 누운 플로라를 향했다.

“핫핫. 숲속에서 성가신 생물에게 물려 중독이라도 됐나 보죠.”

루시우스가 즐겁게 웃으며 마치 본 것처럼 추측했다.

“그런가?”

“…….”

듀란이 물었지만, 크리스티나는 침묵으로 일관했다.

“이봐, 촌장. 어떤데?”

루시우스가 촌장에게 물었다.

“네, 네! 숲속에서 거미에게 물린 듯합니다! 이 마을에서는 치료할 수 없다고 말씀드린 참입니다.”

촌장이 분위기에 위축됐는지 몹시 두려워하며 대답했다.

“그렇군. 핫, 전이한 곳에 있던 오두막에 얌전히 있으면 좋았을 것을. 열심히 숲을 벗어났는데 이렇게 발견됐잖아. 노력이 다 허사였네.”

루시우스가 깔보며 말했다.

“…….”

크리스티나는 아랫입술을 깨물며 주먹을 쥐었다.

부정할 수 없었기 때문이었다. 만약 숲속에 있는 오두막에 머문다는 선택을 했다면 플로라도 독거미에 물리지 않았을 것이었다. 그렇게 생각하고 말았다.

“허, 허사 아니에요. 제가, 언니의 발목을 잡아서…….”

침대에 누워있던 플로라가 대화에 끼어들어 언니 편을 들었다.

“뭐야, 깨어있었나.”

루시우스가 침대를 보았다.

“당신 목소리…… 들은 적 있어요.”

플로라가 가냘픈 목소리로 말했다.

“기억해주셔서 영광입니다. 제1 왕녀님은 처음 뵙는군요. 전 루시우스 오르귀라고 합니다.”

루시우스가 연기하듯이 자신을 소개하고 비웃었다.

“네, 네가, 아망드에서 플로라를 유괴하려고 했던…….”

크리스티나의 눈빛이 험악해졌다.

“뭐, 그때는 그놈이 방해했죠.”

루시우스가 그때를 떠올렸는지 짜증을 담아 낮게 깐 목소리로 말했다.

“그 분노는 녀석이 왔을 때를 위해 아껴둬. 그건 그렇고 제2 왕녀의 독. 파라디아 왕성으로 가면 치료할 수 있을지도 모른다고?”

듀란이 툭 어깨를 치며 루시우스를 타이르고 플로라를 보며 지적했다.

“윽…….”

소중한 동생을 구할 수 있을지도 모른다는 말에 크리스티나의 마음이 흔들렸다.

“보수는 제1 왕녀의 하룻밤이 어떤가?”

듀란이 놀리며 덧붙였다.

"무슨…… 이, 저질!"

크리스티나는 얼굴을 붉히고 듀란을 노려보았다.

"핫. 안 그래도 더럽고 보기 흉한 드레스를 입은 걸 보니 그럴 마음도 사라지네. 설마 대국의 왕녀가 이렇게까지 굴러떨어졌을 줄이야. 변두리 창부 이하. 아니, 거지로밖에 안 보여."

듀란이 비웃었다.

"……."

이 얼마나 상스럽고 무례한 남자란 말인가? 이렇게 수치스러운 경험은 크리스티나가 태어나서 처음이었다.

"크크크. 적국의 왕녀. 심지어 앙칼진 여자. 거참 좋은 여자야."

듀란은 크리스티나를 칭찬하는 건지 헐뜯는 건지 모를 말을 하며 웃었다. 그때였다.

"……이게, 대체 무슨 일이죠?"

언제 왔는지 리오가 문 앞에 서서 방을 둘러보았다. 크리스티나와 플로라, 루시우스와 듀란. 이게 대체 무슨 조합인가. 심각한 얼굴로 의아해했다.

"아, 아마카와 경?! 왜 이곳에……?"

크리스티나가 몹시 놀라 어안이 벙벙한 얼굴로 말했다.

"……놀라운데. 귀공, 벌써 온 건가? 왕도에서 이 마을까지 30킬로미터는 되는데 대체 어떻게 왔지?"

듀란이 리오를 물끄러미 보며 말했다. 이 마을로 전이한 지 아직 10분도 안 됐는데 어떻게 이곳에 있는가? 그것은 리오가 파라디아 왕도를 떠난 후 전속력으로 비행했기 때문이었다.

"놀랄 거 없어. 이 녀석은 괴물 같은 속도로 움직이니까."

루시우스가 리오를 노려보며 입을 열었다.

"……무슨 속셈이지?"

리오의 눈빛도 날카로워졌다.

"……."

루시우스가 검을 뽑아 침대에 누운 플로라의 목덜미에 겨눴다. 누워있는 플로라의 몸이 살짝 굳었다.

리오도 언제든지 전투에 돌입할 수 있게 몸을 긴장시켰다.

"어이쿠, 여기서 붙을 생각인가?"

언제 검을 뽑아도 이상하지 않은 험악한 분위기의 리오를 보고 루시우스가 말했다.

"검을 뽑은 건 그쪽 아닌가?"

"안달하지 마. 난 그때부터 널 죽이고 싶어서 죽을 것 같았어. 마음이 급한 건 나도 마찬가지라고?"

루시우스는 리오에게서 시선을 떼지 않고 플로라의 목덜미를 살짝 찔렀다.

"……."

리오는 플로라를 다치게 하고 싶지 않은지 얼굴을 찌푸린 채 살기를 거두었다.

"핫. 좋아. 이런 좁은 곳에서는 제대로 검도 못 휘둘러. 밖으로 나가서 붙어보자고."

"……그래."

리오는 루시우스의 제안을 승낙했다.

"듀란 전하. 플로라 왕녀를 옮겨주시겠습니까?"

루시우스가 듀란에게 부탁했다.

"……거절한다. 더럽고 냄새나. 그런 여자를 안는 건 내 취향이 아니라서."

듀란은 플로라를 힐끗 보고 쌀쌀맞게 거절했다.

"……."

플로라와 크리스티나는 얼굴을 붉히며 몸을 떨었다.

"핫, 어쩔 수 없지. 어이, 제1 왕녀. 네가 동생을 옮겨."

루시우스는 대신 크리스티나에게 명령했다. 그들은 그렇게 촌장의 집을 나갔다.

촌장의 집 주변에는 어느새 구경꾼이 몰려 무시무시한 분위기를 풍기며 나오는 리오 일행을 살펴보고 있었다.

"꺼져라. 구경 났나."

듀란이 기분 나빠하며 마을 사람들을 위협하자 모두 바람처럼 도망쳤다. 듀란은 왠지 모르게 따라온 촌장 일행에게도 "너희도 따라올 필요 없어. 방해된다"라고 명령했다. 촌장 일행은 고개를 끄덕이고 집으로 돌아갔다.

그리고 리오, 듀란, 크리스티나, 플로라, 루시우스 순서대로 걸어 마을 밖으로 향했다.

"크리스티나 왕녀와 플로라 왕녀는 우리와 상관없을 텐데."

가는 도중에 리오가 뒤에서 따라오는 루시우스에게 말했다.

"그렇지도 않아. 지금 인질 효과가 나오는 게 보이잖아? 아망드에서도 제2 왕녀를 지키기 위해 싸웠지. 그리고 레이스가 이 둘을 노렸었어. 뭐, 너 때문에 연신 실패했지만."

루시우스가 냉소하며 대답하고 손에 든 검 끝을 크리스티나의 목덜미에 겨누었다.

"……."

크리스티나는 불타는 듯한 살기를 목덜미로 느끼고 진땀을 흘렸다. 루시우스의 말처럼 지금은 누가 봐도 자신과 플로라가 리오의 족쇄인 상황이었다. 그것이 너무나 미안했다.

"그리고 **너와 이 왕녀 자매는 원인과 결과 같은 관계다**. 그런 데에도 관심이 있어서 인질로 점찍었지."

루시우스가 수다스럽게 지적했다.

"……무슨 말을 하고 싶은 거냐?"

리오가 얼굴을 찌푸리며 말했다.

"너도 아비를 닮아 성가신 놈이라는 생각이 들어서 말이다. **저 왕녀 자매를 구해줄 의리는 없을 텐데**. 은혜를 원수로 갚은 게 여러 번이지 않던가?"

루시우스가 의미심장하게 말했다.

크리스티나와 플로라는 마른침을 삼키며 두 사람의 대화를 들었다.

"그래서? 그게 어쨌다고?"

"어쩌기는. 슬럼가에서 자란 네가 벨트람 왕립학원에 입학해 하루토로 이름을 바꾸고 떠난 이야기를 하는 거다. **리오**."

"……그러니까 그게 어쨌다는 거냐."

크리스티나와 플로라 앞에서 변명의 여지가 없을 정도로 정체가 드러났지만, 리오의 안색은 변하지 않았다. 루시우스가 리오를 도발하려는 게 너무 뻔히 보였기 때문이었다.

하지만 크리스티나와 플로라의 안색은 좋지 못했다. 루시우스는 일부러 크리스티나 옆에 서서 두 사람의 얼굴을 들여다보았다.

"하핫, 너보다 왕녀 자매의 안색이 더 나쁘군. 안 그래? 왕녀님들. 리오라는 이름이 익숙하겠지? 너희가 깔보고 짓지도 않은 죄를 씌워 추방한 남자가 자라서 이 녀석이 됐다고. 이 녀석의 과거도 궁금하지 않아? 하고 싶은 말 있지 않아?"

루시우스는 크리스티나와 플로라의 심경을 간파하고 죄책감을 부추겼다. 두 사람의 표정이 점점 굳어갔다.

"나보다 지독한 건 여전하군."

듀란이 고개를 저었다.

"이거 봐, 리오. 네가 살기를 내뿜으니까 왕녀님들이 위축됐잖아."

루시우스가 리오의 등을 뚫어져라 보며 떠들었다.

"……."

리오는 무시로 일관했다.

"알겠어? 왕녀님들. 저 녀석의 부모는 원래 야구모 지방 출신이야. 어쩔 수 없는 사정이 있어서 슈트랄 지방으로 이주했지. 그런데 정착한 곳이 우연히 벨트람 왕국이었단 말씀이야."

루시우스는 묻지도 않았는데 크리스티나와 플로라에게 리오의 과거를 폭로하기 시작했다.

"저 녀석의 아비…… 젠은 능력 있는 실력자였어. 그 실력을 살려서 모험가로 두각을 드러냈지. 당시에는 아직 벨트람 왕도에 있던 내 눈에도 띄었어. 그 뒤로 이런저런 일이 있어서 젠의 신뢰를 얻었다. 나를 믿고 조금씩 많은 이야기를 해주더군. 뭐에 가장 놀랐냐면 리오의 엄마인 아야메가 곱게 자란 왕족이었다는 거야. 젠은 원래 아야메의 전속 호위였고."

리오의 어머니는 왕족이었다. 그 말이 충격적이었는지 무표정을 유지하던 크리스티나의 눈이 크게 흔들렸다.

"이쪽 나라 말로 하면 왕녀님과 호위기사가 결혼한 거지. 귀찮은 일이 일어나서 이쪽으로 이주했는데 젠 그 녀석, 엄청 행복해했어. 아야메도 젠에게 푹 빠졌었지. 리오도 아주 사랑받았다. 그야말로 그림으로 그린 듯한 행복한 가족이었어. 난 그들과 사귀며 리오와도 자주 놀아줬지."

루시우스는 당시를 떠올리는지 일부러 이러나 싶을 정도로 감개무량해서 과거를 이야기했다. 그리고 입꼬리를 씩 일그러뜨리며 희열했다.

"그래서 정말, 구역질이 날 정도로 기분 나빴어. 그래서 부숴버리기로 했다. 그 행복을. 리오가 철들기 전에는 젠을, 다섯 살 때는 아야메를 죽여서."

"……역시 아버지를 죽인 것도 너였군."

루시우스의 말에 리오는 온기 없는 차가운 목소리로 말했다.

"젠 그 녀석, 마지막에 친구에게 배신당한 걸 알고 절망했다고? 눈앞에서 아야메를 죽였을 때의 너 같은 표정을 지었어."

리오의 분노가 조금씩 강해지는 것을 느꼈는지 루시우스가 히죽히죽 비열하게 웃었다.

"너무해……."

플로라가 열 때문에 달아오른 얼굴로 슬프게 중얼거렸다.

"너무해? 너희 나라도 이 녀석에게 너무한 짓을 해대지 않았나? 이 녀석은 다섯 살 때까지 어머니와 둘이서 행복하게 살던 꼬맹이였다. 2년 동안 슬럼가에서 부딪히며 거칠어졌을지 몰라도 고아라는 이유로 가혹한 짓을 당하게 했잖아?"

루시우스가 다시 크리스티나와 플로라의 죄책감을 부추겼다.

'……이 남자는 우리를 아마카와 경의 인질로 쓰려는 건가? 그렇다면 왜 아마카와 경과 우리의 과거를 들추는 짓을…….'

크리스티나는 진땀을 흘리며 루시우스의 의도를 파악하려고 했다. 하지만 알 턱이 없었다. 한가지 확실한 것은 자신과 플로라 때문에 리오가 궁지에 처했다는 것뿐이었다.

"뭐야? 침묵하는 거야? 왕녀님. 구해줄지 어떨지 모르겠지만, 리오에게 목숨이라도 구걸해보는 게 어때? 뻔뻔한 생각하고 있지? 이런 상황에도 이 녀석이 구해줄지 모른다고 말이야."

루시우스가 크리스티나와 플로라의 얼굴을 들여다보며 부추겼다.

"……."

크리스티나는 소름이 돋았다. 루시우스가 지적한 대로 그런 기대를 했다. 어쩌면 아마카와 경이 구해줄지도 모른다고.

자기 자신이 한심해서 크리스티나는 입술을 깨물었다. 자기가 플로라를 지키겠다고 떵떵거려놓고 지키지 못했다. 지키기는커녕 과거에 온갖 민폐를 끼친 상대가 구해주길 바랐다.

'그럴 자격 없는데…….'

그러나 설령 자신을 희생해서라도 플로라만은 지키고 싶었다. 지켜야했다. 그러려면 리오를 의지하는 수밖에 없었다.

그래서 이런 상황에도 조금이라도 플로라가 살아남을 가능성이 큰 선택을 모색했다. 예를 들면 실제로 인질로 이용당할 때, 리오가 먼저 버릴 수 있도록.

"……그럴 일 없어."

크리스티나는 한순간 괴로운 표정을 짓고 딱 잘라 말했다.

"호오? 무엇이?"

루시우스가 흥미를 보이며 물었다.

"나라를 위해 개인을 희생하는 것은 당연한 일. 그것을 너무하다고 경멸한다면 경멸하라지. 난 저 사람에게 너무한 짓을 한 기억이 없다. 적어도 나 개인은 그렇게 생각해. 플로라는 그렇게 생각하지 않는 모양이지만."

크리스티나가 마치 대사를 외우듯이 말했다. 그리고 그녀는 아무런 감정도 내비치지 않았다.

"크크크. 너무하네. 남의 불행 이야기가 귀여울 정도의 환경에 놓였다고, 리오는. 원래는 왕족으로 살았을지도 몰라. 그런데 뭐가 잘못됐는지 다섯 살에 슬럼가의 고아가 됐다. 그런 녀석을 정치적으로 이용한 것을 당연하다고 하다니 피도 눈물도 없다는 게 이런 거군."

루시우스가 재미있어 죽겠다는 듯이 웃으며 리오의 불우함을 호소했다.

"고아로 만든 당신이 할 말은 아닌 것 같은데. 사람 잘못 봤어. 난 인질로 쓸 가치가 없다."

크리스티나는 루시우스를 경멸했다.

"그렇다는데 어떻게 생각해? 리오. 기특하지 않아? 일부러 너를 화나게 하고 있어, 이 제1 왕녀님이. 자기를 버리라는 것 같은데?"

루시우스는 다 꿰뚫어 보고 웃으며 리오에게 물었다.

"뭣……."

크리스티나는 항의하려다가 괴로운 표정으로 입술을 깨물었다.

"숲속을 돌아다니다가 망령이 들었나? 이 녀석은 너희를 버리지 않아. 버릴 생각이면 이미 오래 전에 덤볐을 거다. 이 상황에 너희를 구하려고 하고 있어. 위선자 같으니라고, 구역질 나."

루시우스가 분노하며 말했다.

"이제 됐겠지. 어디까지 갈 거냐?"

리오가 루시우스를 불러세웠다. 이곳은 마을을 벗어난 완만한 구릉지였다. 마을에서 몇백 미터 정도 떨어졌다.

"……좋다. 결판을 내자."

루시우스는 크리스티나의 목덜미에 검을 댔다.

"……."

크리스티나는 숨을 삼키며 굳었다.

"왜 그래? 검을 안 뽑을 건가?"

루시우스가 깔보며 물었다.

"……."

리오는 허리에 찬 검집에서 검을 뽑지 않고 날카로운 눈으로 루시우스를 노려봤다.

"핫. 날 이기고 싶으면 버려야지. 투쟁심 이외 쓸데없는 불순물을. 넌 젠과 똑같아. 쓸데없는 불순물을 끌어안고 싸우려고 해. 그런데도 강하지. 그게 마음에 안 들어. 모순덩어리 같이 살아가는 주제에……. 그래서 넌 소중한 인간을 지키지 못하고 죽을 거다. 증명해주지. 불순물을 끌어안은 인간의 어리석음을."

연기하듯이 도발하던 루시우스가 억누른 살기를 해방하며 리오를 마주 노려봤다.

"……이해가 안 되는군. 네가 말하는 불순물을 내가 버린다면 거기에 무슨 의미가 있지?"

리오가 담담하게 의문을 꺼냈다. 여기서 말하는 불순물이란 크리스티나와 플로라였다.

"그러지 않으면 넌 이 싸움에서 나를 못 쓰러뜨린다는 말이다. 그렇게 되면 세리아 크렐이라고 했나. 그리고 미하루라는 여자. 다음은 그 여자들을 죽이러 갈 거다. 물론 재미 좀 본 뒤에 말이야. 안심해. 너도 숨만 붙여서 데려가 줄 테니."

루시우스는 일부러 리오를 자극하며 큰소리쳤다.

"……."

그 순간, 세리아와 미하루의 이름이 나왔기 때문일까. 리오의 분노가 커졌다. 그것을 표현하듯 리오의 몸에서 방대한 양의 마력이 뿜어져 나왔다.

"핫, 드디어 복수하는 녀석다운 얼굴이 됐군."

루시우스는 뻔뻔하게 웃고 왼쪽 눈을 가린 안대를 풀었다.

리오는 크리스티나와 플로라에게 위해를 끼치지 못하게 하겠다는 듯이 무슨 일이 벌어져도 대응할 수 있게 루시우스의 일거수일투족을 관찰했다. 그러자 갑자기 루시우스가 플로라를 업은 크리스티나를 끌어안았다.

"꺅……!"

크리스티나가 균형을 잃고 비명을 질렀다. 루시우스는 리오에게서 눈을 떼고 엉뚱한 방향을 바라봤다.

직후, 루시우스와 크리스티나, 플로라가 사라졌다.

"뭣?!"

묵묵히 관전하던 듀란이 당황해 소리를 질렀다. 돌연 루시우스가 사라져서 놀랐다.

'저쪽!'

리오는 루시우스가 어디로 이동했는지 정확하게 포착했다. 흡사 순간이동이라도 한 것처럼 수십 미터는 가볍게 떨어진 공중에서 낙하하는 모습을 확인했다.

리오도 당하고만 있지는 않았다. 바람의 정령술로 육체를 억지로 가속해 순식간에 루시우스에게 달려들었다.

"꺄?!"

루시우스가 크리스티나의 드레스를 억지로 잡아 플로라와 함께 힘차게 바닥으로 내던졌다. 크리스티나의 드레스가 찢어졌다.

맨몸으로 수십 미터 높이에서 떨어지면 멀쩡할 수 없었다.

"……."

리오는 바람을 조종해 억지로 방향을 바꿔서 빠르게 떨어지는 크리스티나와 플로라를 잡아 바닥에 착지했다.

"지킬 수 있으면 지켜봐."

루시우스가 리오의 뒤에 서서 검을 휘둘렀다.

'빨라?! 아니, 이건…….'

리오는 플로라와 크리스티나를 안은 채 한 손으로 검을 휘둘러 공격을 쳐냈다. 그러나 자세가 좋지 않았다. 간신히 쳐내는 게 한계였다.

"왜 이래?! 어이! 움직임이 둔하잖아!"

루시우스는 아랑곳하지 않고 검을 휘둘렀다.

"크……."

리오는 크리스티나와 플로라를 안은 채 발을 멈추고 맞섰지만, 너무 불리했다. 그것은 안겨있는 크리스티나가 봐도 명백했다.

"아마카와 경, 우리를 버리세요!"

크리스티나가 몸을 뒤틀어 초조한 얼굴로 리오에게 호소했다.

"위험하니 가만히 계세요. 플로라 님을 부축하면서 저를 꼭 잡으세요!"

리오가 지시하고 더 세게 크리스티나를 끌어안았다.

"뒤가 텅 비었어!"

루시우스가 리오의 눈앞에서 홀연히 모습을 감추더니 비스듬히 뒤에서 검을 휘둘렀다.

리오는 그럴 줄 알았다는 듯이 왕녀 자매를 안은 상태로 전진했다. 루시우스가 휘두른 검이 허공을 벴다.

'역시 순간이동하고 있어. 전에 싸웠을 때도 갑자기 이동하는 것처럼 보였는데 이런 능력을 주축으로 싸우진 않았어. 검의 능력인가? 아니면 눈에 뭔가 있나? 상당한 마력이 느껴져…….'

리오는 공격을 피하며 상황을 정확하게 분석했다. 갑자기 루시우스가 순간이동한 것처럼 이동하는 것은 진짜 순간이동한 것이라고.

실제로 조금 전부터 주위의 오드와 마나 파동을 살펴 어디로 워프할 지 감지하고 대처했다. 매우 성가신 능력이었다. 이래서는 크리스티나와 플로라만 안전한 곳으로 도망치게 할 수도 없었다. 덕분에 리오는 크리스티나와 플로라 곁을 떠나지 못해 고속이동술을 쓰지 못했다.

그런데 루시우스는 순간이동해서 자유롭게 돌아다니니 근접전투로 싸우기는 어려웠다.

이대로 가면 불리했다. 그래서 리오도 수를 쓰기로 했

다. 속으로 마력을 모아 지면을 찼다.

리오와 크리스티나가 서 있던 바닥이 지름 2미터의 원형 모양으로 솟구쳤다. 리오 일행은 솟구치는 지면을 따라 수십 미터 높이까지 상승했다.

"앗?"

갑작스럽게 떠오르는 느낌에 크리스티나는 당황했다. 발밑에서 지면이 탑처럼 솟아오르는 광경을 보고 몹시 놀랐다.

"시건방진 짓을!"

루시우스는 지상에서 엉뚱한 곳을 향해 검을 휘둘렀다.

루시우스가 쥔 칠흑의 검날에서 강력한 암흑 칼날이 날아가 리오가 만든 토탑을 밑에서부터 잘라냈다.

리오는 탑이 쓰러지기 전에 마력을 실어 발판을 박차고 도약했다. 발판이 되어준 탑이 네모난 블록처럼 조각나 공중에 부유했다.

'뭐, 뭐야? 무슨 일이 일어난 거야?! 우리도 공중에 떴어?!'

크리스티나는 주위를 둘러보고 공중에 뜬 토양 블록과 그들을 아연히 바라봤다.

아까부터 아무도 주문을 외워 마법을 쓰지 않았는데 마법을 썼다고 밖에 볼 수 없는 여러 현상이 연속으로 일어났다. 놀라는 게 당연했다.

한편, 리오는 지상에 서 있는 루시우스를 내려다보며 검을 겨누었다. 그 순간, 공중에 뜬 블록들이 힘차게 지면으로 낙하하기 시작했다. 아니, 보이지 않는 힘에 의해 발사됐다.
하나의 무게가 몇 킬로그램이라면 지상에 낙하할 때는 위력이 상당할 터였다. 실제로 지상에 충돌한 토양 블록이 땅에 처박히며 크게 흙먼지를 일으켰다.
'이, 이게 뭐야? 아마카와 경이 마검 능력으로 조종하는 건가? 하지만 저 마검은 바람의 마검일 텐데?'
머리가 따라가지 못했다. 크리스티나는 뭐가 뭔지 알 수 없었다. 플로라는 이전에 리오가 정령술로 싸우는 걸 봤기 때문인지 언니만큼 놀라진 않았다. 독 때문에 몽롱한 표정으로 물끄러미 지상을 내려다보았다.
그때.
크리스티나와 플로라 뒤에서 굉음이 울려 퍼졌다.
'뭐, 뭐야?!'
크리스티나가 황급히 돌아봤다. 지상에 있어야 하는 루시우스가 검을 휘둘렀다.
"칫……."
루시우스의 검은 크리스티나와 플로라의 등을 베지 못했다. 리오는 마력 장벽을 펼쳐 루시우스의 검을 막았다. 루시우스의 공격 위력이 강했는지 마력 장벽에 금이 갔다.
루시우스는 공격이 막히자 분노하며 혀를 찼다. 자매의 눈에도 희미하게 빛나는 벽이 루시우스의 검을 막는 게 보였다. 그것을 만든 사람은 리오가 분명하다는 것도 알았다.

"이번엔 내가 공격한다."

리오가 지름 몇십 센티미터는 되는 커다란 광탄을 주위에 전개했다. 루시우스도 얌전히 맞을 생각이 없어 그 자리에서 모습을 감췄다.

그러나 리오는 루시우스가 이동할 지점을 매우 정밀하게 예측했다. 루시우스가 나타날 지상 일대에 광탄을 발사했다.

그 숫자가 약 1백. 수많은 빛의 궤도를 그리며 지상으로 쏟아졌다. 심지어 리오는 광탄을 발사하면서 방대한 마력으로 계속 광탄을 추가로 만들어 지상에 쐈다. 이제는 유성우와 같았다.

'뭐, 뭐야? 진짜 뭔데? 이거……?'

크리스티나는 끊임없이 당황했다.

왕립학원에서 리오는 마법 계약을 못 해서 낙오자라고 야유받았다. 그런데 마법과 비슷한 현상을 주문도 외우지 않고 행사했다. 심지어 하늘까지 날았다. 아까부터 떨어질 기미가 전혀 없었다.

리오가 쏜 광탄의 비 한 발의 위력이 하급 마법 정도일 수도 있지만, 양이 압도적이었다. 적게 잡아도 백 발의 광탄이 끊임없이 지면으로 발사됐다. 리오가 이걸 아까부터 몇 초 동안 반복했더라? 마력이 부족하지는 않나? 그 현상의 규모는 상급 공격마법 정도가 아니라 최상급 공격 마법에 필적했다.

그러나 루시우스도 대단했다. 지면을 여기저기 누비며 검을 휘둘러 광탄을 쳐내고 공격의 비를 빠져나갔다. 간혹 갑자기 사라졌다가 먼 곳으로 이동하기도 했다.

잠시 뒤, 루시우스는 멈춰서 순간적으로 위에 떠 있는 리오를 쳐다봤다. 직후, 루시우스가 사라졌다.

"돌려주마."

그 순간, 머리 위에서 목소리가 들렸다. 루시우스는 10미터 위에서 리오를 내려다보며 검 끝을 겨눴다.

상하좌우 360도, 리오를 에워싸며 수백 발의 광탄이 날아들었다.

'내 광탄을 흡수해서 쓴 건가?'

리오는 피할 수 있는 루트가 없다는 것을 깨닫고 검에 마력을 실어 폭풍을 만들었다. 폭풍으로 광탄을 날려 포위망에 억지로 구멍을 만들고 그곳으로 탈출을 시도했다.

"안 놓친다!"

루시우스가 순간이동으로 리오의 진행 루트에 끼어들었다. 검에 마력을 실어 암흑 에너지를 모아 정면으로 공격하려고 했다.

리오도 루시우스의 공격을 막기 위해 검에 마력을 주입해 폭풍을 만들었다.

공중에서 두 사람의 에너지가 충돌해 엄청난 충격파가 발생했다.

'무슨 전투가 이렇게…….'

크리스티나는 언제부턴가 플로라를 끌어안고 필사적으로 리오에게 매달려 인간 같지 않은 전투를 누구보다 가까이에서 지켜봤다. 다만 플로라는 공중에서 여기저기 움직이는 게 괴로운지 뜨거운 눈의 초점이 맞지 않았다.

"이 자식이……."

루시우스는 순간이동은 가능해도 하늘을 날지는 못하는지 리오와 공격이 부딪친 충격에 뒤로 날아가며 추락했다. 자신에게 상당히 유리한 상황임에도 리오를 쓰러뜨리지 못해서 분한지 미간을 찌푸리며 순간이동해서 지면으로 돌아갔다.

리오도 루시우스를 노려보며 고도를 낮춰 지면으로 내려갔다.

"앗……?!"

리오가 착지하자 지면이 정사각형 타일 모양으로 가볍게 십여 미터를 떠올랐다. 너무 갑작스러운 광경에 크리스티나는 다시 말문이 막혔다.

떠오른 지면은 그 앞에 있는 루시우스를 가로막고 그대로 압살하려고 했다.

그러나 루시우스는 순간이동으로 공격을 피해 타일 면적 밖, 처음 서 있던 곳에서 봤을 때 바로 옆에 서 있었다.

'……벽을 뚫고 전이하지 않았어. 확정이나 다름없군. 루시우스의 전이능력은 저 왼쪽 눈으로 본 곳으로만 이동할 수 있어.'

상공에서 지상으로 광탄을 쏠 때 루시우스가 어디로 전이하는지 보고 눈치챘던 리오가 이번 공격으로 확신했다.

"칫……."

루시우스는 화가 나 혀를 찼다.

"플로라 님은 괜찮습니까?"

리오가 문득 곁에 서 있는 크리스티나에게 물었다.

"……네, 네. 그, 솔직히, 그다지 상태가 좋지는 않습니다. 마법으로 해독할 수 없는 독에 중독됐어요."

넋이 나갔던 크리스티나가 퍼뜩 정신을 차리고 미안해하며 말했다.

"그렇습니까. 그럼 너무 거칠게 움직이지 않는 게 좋겠군요."

리오가 십여 미터 앞에 있는 루시우스를 보며 말했다.

'루시우스의 마검 능력은 공간을 조종하는 게 분명해. 메인 능력은 왼쪽 눈으로 본 장소로 단거리 전이하는 능력과 상대의 정령술을 흡수해 방출하는 능력. 그리고 간단하지만 위력적인 마력 공격. 또 이번에는 아직 안 썼지만, 저번에 싸울 때 공간에 구멍을 뚫어 떨어진 곳에서 공격하려고 했어. 마력이 흘러넘치는 왼팔에도 뭔가 있을 것 같은데…….'

일단 주의해야 하는 건 그 정도였다. 리오는 지금까지의 전투를 돌이켜보고 루시우스의 마검 능력을 정확하게 분석했다.

'검을 왼손으로 바꿔 들었잖아? 오른손잡이 아니었나?'

루시우스가 검을 오른손에서 왼손으로 바꿔 들었다. 지금까지는 계속 오른손으로 검을 썼는데, 역시 왼팔에 뭔가 있다고 리오는 경계를 강화했다.

"……도무지 이해되지 않는 게 있다."

루시우스가 갑자기 리오에게 들리게 말했다.

"……."

리오는 묵묵히 루시우스를 보았다.

"정령술도 그렇지만, 검술과 격투술은 어디서 배운 거냐?"

루시우스가 질문했다.

"글쎄."

"넌 너무 숙련됐어. 재능이 있다고 쳐도 숙련도가 이상해. 10대 애송이가 발 들일 수 있는 영역이 아니야. 어릴 적에 검술을 익혔다면 벨트람 왕립학원일 텐데 네 동작은 벨트람 왕국 게 아니야."

"……내가 만든 거야."

"네가 만들어? 아니, 됐다. 이제 제2 라운드. 지금부터 시작이다. 공교롭게도 난 오른손잡이라서 말이야. **왼팔은 조절이 잘 안 될 수도 있으니**, 원망하지 마라."

루시우스가 의아해했지만, 꼭 알고 싶은 것도 아닌지 왼손에 든 검의 그립감을 확인하는 시늉을 했다.

'저번에 내가 흔적도 없이 불태운 왼팔. 저 왼쪽 눈이랑 금술이라도 사용해서 재생한 모양인데…….'

검을 왼손에 바꿔 들었다는 것은 왼손으로 검을 들어야

만 쓸 수 있는 능력이 있는 게 분명했다.

"……?!"

리오가 그렇게 생각하는 사이, 십여 미터 앞에 있던 루시우스의 검날이 사라지더니 리오의 뒤에서 공격했다. 리오는 바로 검을 등으로 보내 루시우스의 검을 막았다.

요란한 소리가 울려 퍼지고 크리스티나가 놀라며 소리가 들린 곳을 봤다. 그곳에는 공중에 뜬 어둠으로 공간전이한 칼날이 있었다. 식은땀이 흘렀다.

"핫, 이 공격도 당연하다는 듯이 반응하다니. 그러고 보니 저번에 싸웠을 때도 한 번 썼었지. 하지만……."

루시우스가 불쾌해하며 말했다.

'두 사람을 보호하는 상황에 이 공격을 무제한으로 쓸 수 있다면 좀 위험하겠어.'

리오는 큰 위기를 느꼈다. 그리고 그 위기감은 곧바로 현실로 찾아왔다. 다시 시끄러운 소리가 울려 퍼졌다.

"어……?"

크리스티나는 소리가 들린 곳을 봤다. 이번에는 리오가 아닌 크리스티나 뒤였다. 리오가 돌아 들어가 공격을 막았다. 루시우스는 십여 미터 떨어진 곳에 서 있는데도.

그리고 이어서 날붙이가 부딪히는 소리에 간신히 그 의미를 깨달았다. 루시우스는 앞에 서 있는데 이번에는 플로라의 왼쪽에서…….

'……검날을, 공간마술로 전이시켰어?'

눈으로 본 그대로의 상황이지만, 크리스티나는 그제야 무슨 일이 벌어졌는지 이해하고 두려워했다.

"너 역시 내 공격이 어디서 올지 아는군? 교활한 놈. 하지만 이게 끝이 아니라고? 네가 잘라낸 왼팔 덕분에 전보다 검을 잘 쓰게 됐다. 자, 속도 좀 올려볼까?"

루시우스가 다시 검을 휘둘렀다. 한 번, 또 한 번, 그리고 또 한 번. 다른 각도, 다른 속도로 검을 휘둘렀다. 챙, 챙, 챙, 검이 부딪히는 소리가 점점 빨라졌다.

리오는 공격하기를 포기하고 모든 공격을 피했지만, 마치 외줄타기 같은 작업이었다.

"……."

크리스티나는 몸이 굳어 그 자리에 우두커니 서 있었다. 그냥 서 있는데 살아있는 것 같지가 않았다. 어디서 올지 모를 공격을 리오가 전부 막아줬다. 덕분에 목숨을 부지했다.

이것으로 리오는 더더욱 크리스티나와 플로라 곁을 떠날 수 없어졌다. 떨어지면 그 순간, 두 사람은 죽음을 맞을 것이었다.

"안심해. 그냥 원거리에서 베기만 하면 재미없으니까 직접 가주마."

루시우스가 특기인 단거리 전이로 크리스티나와 플로라 뒤로 워프했다. 전이했을 때는 이미 공격 동작을 취하고 있었다.

리오는 곧장 루시우스와 자매 사이로 파고들었다. 그런

데 루시우스와의 거리가 이상하게 멀었다.

'위험해!'

리오는 그 의미를 알아차리고 황급히 원래 있던 곳으로 돌아갔다. 그 순간, 그 앞에 루시우스가 쥔 검이 날아들었다. 리오가 돌아가지 않았으면 크리스티나를 관통할 뻔했다.

"큭……."

한순간이지만, 시간을 낭비한 것이 실수였다. 공격을 완벽하게 피하지 못해 리오의 왼팔에 루시우스의 찌르기 공격이 명중했다.

"아, 아마카와 경?!"

크리스티나의 얼굴이 새파랗게 질렸다. 이건 누가 봐도 자신을 지키기 위해 공격당한 상황이었다.

"핫, 드디어 한 방 먹었군. 너도 붉은 피가 흐르잖아? 응? 이 분위기로 가자고?"

루시우스는 즐겁게 웃고 공간전이와 검날 전이를 조합해 리오를 공격했다.

"윽……."

왼팔을 다친 상태로, 심지어 크리스티나와 플로라를 지켜야 하는 이 상황에 리오는 루시우스의 공격을 막아야 했다.

리오 혼자라면 모를까 크리스티나와 플로라를 지킨다는 제약이 엄청난 부담인 것은 자명했다.

"어이어이! 왜 이래?! 어?!"

루시우스가, 루시우스가 든 검이, 사방팔방으로 전이해

온갖 각도에서 세 사람을 공격했다. 세 사람을 덮치는 약 360도의 공격을 리오 혼자서 막아내야 했다. 반격하고 싶어도 리오가 두 사람 곁을 떠나면 루시우스가 사정없이 그들의 목숨을 거둘 것이었다.

그렇다고 두 사람을 안고 하늘을 날아 도망칠 수도 없었다. 공중은 밑에서도 공격이 날아와서 빈틈이 늘어나고 두 사람을 안으면 허점이 빈틈이 더 많아졌다.

그리고 정령술을 쓰면 공격을 흡수해 이용해먹었다. 상성이 나쁘다기보다는 상황이 나빴다. 방어범위가 세 배가 됐으니 당연했다. 심지어 루시우스는 정확하게 리오가 싫어할 위치로 전이해 공격했다.

'이번에는 지면에서…….'

검이 날아왔다. 목표는 크리스티나의 다리였다. 하지만 리오가 공격을 위에서 쳐내 막았다. 튕겨나간 루시우스의 검은 그대로 첨벙 소리를 내듯 어둠 속으로 가라앉았다.

이번에는 플로라를 노린 공격이 다른 곳에서 날아왔다.

"이쪽이다!"

공격에 대처하자 이번에는 루시우스가 전이해 크리스티나를 베려고 했다. 리오가 거리를 좁혀 베려고 했지만, 루시우스가 그 전에 모습을 감췄다. 대신 크리스티나 뒤에서 검을 날려 등을 찌르려고 했다.

"……."

크리스티나와 플로라는 어디서 공격당할지 모른다는 공

포에 몸이 얼어붙었다. 루시우스는 걸림돌인 왕녀 자매만 노렸다.

"크윽……."

크리스티나, 플로라, 크리스티나, 크리스티나, 플로라, 플로라, 크리스티나, 플로라. 변칙적으로 공격 순서를 바꿨다.

그러다 크리스티나를 노린 공격을 막지 못했고 리오가 그 사이에 끼어들어 대신 공격당했다.

초고속으로 움직이는 리오를 눈으로 좇을 수 없지만, 움직이느라 출혈한 리오의 피가 튀어 크리스티나의 뺨을 적셨다.

망연히 있던 크리스티나는 뺨에 튄 무언가를 닦다가 그것이 리오의 피라는 것을 깨달았다. 그것이 결정적이었다.

"……아, 아마카와 경, 됐습니다! 우리는 됐어요! 이러다가는 당신이 죽어요! 이제 그만하세요!"

보다 못한 크리스티나가 비통한 표정으로 리오에게 호소했다.

"……."

그러나 리오는 대답하지 않았다. 왕녀 자매를 보호하려는 움직임도 멈추지 않았다. 신경을 곤두세우고 루시우스가 어디에 검이나 몸을 전이할지 냉정하게 판단하고 공격을 막았다.

'언니…….'

크리스티나에게 기대어 독과 열 때문에 의식을 유지하는 게 고작인 플로라는 언니의 비통한 외침에 가슴이 찢어질 것 같았다.

“그만하세요, 부탁이니까, 그만…….”

이렇게 가까이 있는데 자신의 목소리가 닿지 않았다. 크리스티나는 비통한 표정으로 가냘프게 중얼거렸다. 마음이 찢어질 것 같았다.

한편.

‘집중해. 최대한 실수하지 마.’

리오는 조금도 포기하지 않았다. 여러 각도에서 초고속으로 날아오는 공격을 피하면서 조금씩 신경이 예민해졌는지 확실히 실수가 적어졌고 루시우스의 공격 패턴도 익혔다.

‘반격할 방법이 있어. 지금은 공격을 피하고 반격을 위해 마력을 모으는 데 전념하자. 그때를 위해 상상해. 강력한 기술을…….’

간단한 이유였다. 정령술이란 생명 에너지인 마력을 조종해 자연 에너지인 마나에 자신의 뜻을 전달해 현상을 바꾸는 기법이었다.

두 정령술사가 똑같은 위치에 다른 술을 발동하면 두 사람이 술을 하나로 모은다고 상상하지 않는 한, 발동시키려는 현상 간섭력이 강한 술이 현상 간섭력이 약한 술을 압도하는 형식으로 발동했다.

요컨대 현상 간섭력이 강한 술사의 술이 완전한 형태로 발동했다. 그것은 술의 성질로도 좌우되고 술사의 기량에도 좌우됐다. 간섭력이 대등하면 충돌하는 식으로 발동하는데 술사의 역량이 너무 차이나면 상대의 술을 완전히 무효화할 수도 있었다.

따라서 루시우스가 리오 일행 주변 공간에 간섭해 전이를 발동한다면 리오가 그 간섭을 받지 못할 정도로 강력한 술을 주변에 발동하면 됐다. 그러면 루시우스가 공간전이로 크리스티나와 플로라를 공격할 수 없었다.

다만, 공간전이는 현상 간섭력이 매우 강한 술이었다. 정령술의 규모가 어정쩡하면 발동을 방해하지 못했다. 그야말로 일대의 마나를 지배하고 종속시킬 정도로 초대규모 현상을 일으켜야 했다. 그래서 상상했다. 예전에 발동한 적 없는 규모의 술을.

봐둔 게 있었다. 조금 전에 싸운 상대가 쓴 술이라기보다는 무기의 능력이었다. 그것을 정령술로 재현하기로 했다.

더 강력하게, 더 고위로……. 리오는 기사회생의 반격을 시도하기 위해 지금은 오로지 방어에 전념했다.

그리고 길고 긴 몇십 초가 지났다.

"……."

독 때문에 고열에 시달리는 플로라는 물론 크리스티나도 얼굴이 창백했다. 도울 수 있다면 뭐든 하겠지만, 함부로 움직이면 리오에게 방해될 테니 꼼짝하지 못했다.

"후우, 후우."

루시우스의 공격이 잠깐 그치자 리오가 멈춰서 평소와 다르게 거친 숨을 몰아쉬었다. 루시우스의 공격에 피를 흘려 체력을 소모한 탓이었다. 흘린 피는 주워 담을 수 없었다. 지금부터 발동할 술의 규모를 생각하면 마력을 나눌 수 없어 정령술로 최소한만 치료했다.

'칫, 생각보다 끈질기군. 공격도 안 맞고.'

루시우스는 초조했다.

리오는 두 사람을 지켜야 하는 핸디캡이 있었다. 자신이 강요한 상황이지만, 이 상황에 승부를 내지 못했으니 완전히 진 것이나 다름없었다. 초조할 법도 했다.

"이제, 끝내자."

리오가 숨을 고르고 말했다.

아무리 리오라도 다친 상태로 격렬한 전투를 펼치며 방대한 마력을 모으기는 어려웠지만, 드디어 준비를 마쳤다.

"……뭐? 뭔 잠꼬대야? 몰아붙이고 있는 건 나라고."

루시우스가 불쾌해하며 반박했다.

"더는 네 멋대로 하게 두지 않겠어. 안 빼앗겨. 절대로……."

리오가 날카롭게 루시우스를 노려보며 말했다.

그리고.

주위에 수분이 없는데 순식간에 무시무시한 양의 물이 리오 일행을 에워싸며 나타났다. 그리고 엄청난 기세로 팽창해 루시우스를 집어삼키려 들었다.

"무슨……!"

자기도 모르게 경직됐던 루시우스는 급히 상공을 보고 전이했다.

'저놈, 엄청난 양의 물을 만들어냈잖아.'

루시우스는 상공에서 그 광경을 내려다봤다. 리오가 만든 물은 리오가 조종해서 방출하면 조금 전에 있었던 마을을 삼켜버릴 정도로 거대했다. 그 거대한 물은 흐트러지지 않고 탄력 있는 물방울 모양을 유지했다.

'……어쩌려는 거냐.'

루시우스는 검에 마력을 싣고 물을 노려 강력한 칠흑 칼날을 날렸다. 그러나 표면의 물을 가볍게 날리기만 할 뿐, 뚫지는 못했다. 심지어 날아간 물은 원래대로 돌아갔다. 쓸데없이 마력만 소비했다.

"……칫. 안이 안 보여. 이래서는 안쪽으로 전이도 못하겠군. 이 자식, 대체 무슨 속셈이야?"

루시우스는 분노에 차서 리오가 만든 물을 노려봤다. 한편, 물 내부, 리오를 기점으로 반지름 몇 미터의 돔이 만들어졌다.

'뭐, 지, 이게……?'

크리스티나는 안쪽에서 주위를 둘러봤다.

360도. 어딜 봐도 물, 물, 물. 물이 너무 많아서 바깥 풍경이 보이지 않았다. 마력을 띠고 반짝이는 물이 돔을 밝혔다.

——예쁘다.

크리스티나는 현실을 망각하고 자기도 모르게 그런 생각을 했다. 그 정도로 환상적인 공간이었다.

"지금부터 여기 있는 물을 조작해 반격하겠습니다. 이곳을 벗어나지 않으면 안전하니 기다려주세요. 결판을 내고 오겠습니다."

리오가 크리스티나에게 말했다.

"……네, 네."

이건 당신이 만들었습니까? 무슨 일이 일어난 거죠? 머릿속에 질문들이 떠올랐지만, 입 밖으로 꺼낼 수 없었다.

아니, 말할 생각이 들지 않았다. 크리스티나의 이해 범위를 초월했기 때문에.

"그럼 다녀오겠습니다."

리오가 말하자 갑자기 물의 벽이 꿈틀거리기 시작했다. 꾸물꾸물 움직이며 형태를 바꿔 합계 열여섯 개의 물로 나뉘었다.

그 물 하나, 하나 모습이 바뀌었다. 여덟 개는 하늘을 자유롭게 돌아다니는 길쭉한 용이 되었고 남은 여덟 개는 지면에 머물러 용의 꼬리 모양으로 세 사람을 지키듯 에워싸며 포진했다.

여덟 개의 용머리와 여덟 개의 용꼬리.

그것들은 마치 하나의 거대한 생명체 같았다. 그리고 크리스티나는 그 모습에 기시감을 느꼈다.

"이건 히로아키 님의…… 야마타노오로치?"

그랬다. 히로아키의 특기인 야마타노오로치를 닮았다. 아니, 히로아키의 오리지널보다 훨씬 고차원의 존재로 보였다.

그야말로 완성형처럼 용맹했다.

리오는 바람의 정령술로 꼬리 밖으로 나갔다. 어느 정도 상승하자 하늘을 나는 여덟 마리 수룡들의 머리 위에서 지상을, 루시우스를 내려다보았다.

"……핫, 하하하. 왕녀 자매가 허점투성이잖아."

그 광경에 압도됐던 루시우스는 엷은 미소를 지으며 크리스티나와 플로라 곁으로 육체 전이를 시도했다.

"……전이가 안 되다니?"

말도 안 돼?! 루시우스는 검을 전이시켜 꼬리 안쪽에 있는 크리스티나를 베려고 했다. 그러나 검은 전이되지 않았다.

'……무슨 일이 벌어진 거지?'

루시우스의 등을 타고 진땀이 흘렀다. 리오가 수룡 한 마리를 조종해 지상에 있는 루시우스를 향해 낙하시켰다. 낙하하는 질량 에너지를 헤아릴 수 없었다.

"읏?!"

루시우스는 황급히 머리 위로 전이를 시도했다. 이번에

는 전이가 성공해 생각한 위치로 순간이동했다.

'전이했어.'

루시우스가 전이한 곳, 눈앞에 다른 수룡이 달려들었다.

"젠장!"

루시우스는 다시 다른 지점으로 전이했다. 상공으로 이동했지만, 그곳에도 다른 수룡이 날아왔다.

'저, 저 자식! 내가 어디로 전이할지 다 꿰고 있어!'

그 증거로 또 다른 수룡이 루시우스를 덮치려 했다.

길이 십여 미터는 되는 여덟 마리의 수룡이 하늘을 자유자재로 날아다니며 루시우스가 어디로 전이하든 공격할 수 있게 서로를 보조했다. 아니, 보조하도록 리오가 움직였다. 그 이동속도도 범상치 않았다.

"우, 웃기지 마!"

공간을 전이할 수 있는데 하늘에 도망칠 곳이 없었다. 전이하는 곳마다 리오가 수룡을 방출해 연달아 단거리 전이를 해야 했다. 이러면 수룡의 공격을 피하는 것도 벅찼다. 상황이 완전히 뒤바꼈다.

'새 몸 덕분에 전이 사용 횟수는 늘었지만, 이렇게 연속으로 여기저기 이동하면 위험해. 지상에 있는 왕녀들을 인질로 잡으면…… 젠장!'

루시우스는 상황을 타개하려고 크리스티나와 플로라를 바로 위에서 내려다보며 공격하려고 했다. 그러나 이번에도 전이할 수 없었다.

'그럼 술을 조종하는 네 곁으로 전이하면 되겠지!'

아무리 그래도 술사인 자신도 휘말리게 공격하지는 않을 것이라고 생각한 루시우스는 리오 곁으로 전이를 시도했다.

"……전이가 안 되잖아?! 으억!"

어떻게 된 일인지 리오 곁으로도 전이할 수 없었다. 리오가 조종하는 수룡 한 마리가 초조해하는 루시우스를 공격했다.

마치 거대한 쇳덩이에 충돌한 것 같은 위력이었다. 루시우스의 몸은 엄청난 속도로 지면에 추락했다.

"마, 말도 안 돼……."

다른 수룡이 접근하는 것을 보고 루시우스는 급히 워프를 시도했다. 이번에는 워프에 성공했다.

'뭐, 뭐지…….'

육체를 강화했는데 서 있는 게 고작이었다. 이번에 당한 공격이 상당히 셌는지 다리가 덜덜 떨렸다.

'저놈한테도 전이가 안 돼. 왕녀 자매한테도 전이가 안 돼. 저놈이 방해해서 내 능력이 봉인된 건가?!'

루시우스는 전이하지 않으면 하늘로 이동할 수 없었다. 그래서 리오 곁으로 전이하지 못하면 접근 자체가 어려워졌다.

"그럼 왕녀 자매를 노려주겠어!"

루시우스는 더 강력하게 육체를 강화하고 꼬리 안쪽에

있는 자매를 향해 비틀비틀 달려갔다. 전이할 수 없다면 달려서 접근하면 됐다. 포기할 생각은 추호도 없었다.

그러나 길이 수십 미터는 되는 꼬리가 제멋대로 움직이는 것처럼 꿈틀대며 루시우스가 접근하려는 곳을 힘차게 후려쳤다.

바닥이 움푹 파였다. 재난 수준이었다.

"빌, 어먹을!"

루시우스는 간신히 날아든 꼬리 위로 전이해 공격을 피했다. 곧장 다른 공격이 날아오는 것을 경계하며 연달아 전이해 도망치려고 했다.

'……뭐야?'

전이가 발동하지 않았다.

리오가 급히 내려와 루시우스에게 접근해——.

"앗……?"

루시우스를 손에 든 검으로 유성처럼 꿰뚫었다. 기세를 죽이지 않고 그대로 바닥으로 돌진했다.

"……."

리오는 루시우스를 관통한 검을 바닥에 박았다.

놀라서 눈을 크게 뜬 루시우스의 얼굴을 검으로 찌른 채 내려다보았다. 그 끝은 정확하게 루시우스의 심장을 관통한 상태였다.

"윽…… 헉, 커헉…… 컥."

루시우스는 고통스럽게 기침하며 피와 함께 폐 속 공기

를 토했다. 그리고 자신이 리오에게 공격당했다는 것을 간신히 깨달았다.

"이걸로 끝이다. 이번에야말로……."

리오는 두 손으로 잡은 검을 비틀었다. 자신의 손으로 확실하게 숨통을 끊기 위해 루시우스의 심장을 파괴했다.

그러자 루시우스의 눈에서 빠르게 빛이 사라지기 시작했다.

"헤, 헷…… 마지막은 네 손으로, 끝낸다, 이건가? 저 수룡은 미끼였냐. 젠장, 방심, 했어……."

루시우스는 흐릿한 눈에 리오를 담고 작게 웃었다. 뇌와 가슴을 차지한 증오 서린 분노와 달리 그는 웃었다.

루시우스는 신체 강화로 간신히 목숨을 붙들고 있었다. 이번에는 레이스가 없었다. 그러니 이번에야말로 분명히 죽으리라.

그렇게 생각하니 왠지 웃음이 나왔다.

"끝까지, 영문을 모르겠는…… 놈이야. 저런 왕녀들을 위해……. 벨트람 왕국은, 멀쩡한 나라가 아니야. 레이스라는 역병신 같은 남자가 붙어있다. 그 나라의 미래는 얼마 남지 않았어……. 쿨럭, 쿨럭."

루시우스는 마지막 힘을 짜내 리오에게 말했다. 왈칵, 루시우스의 입에서 피가 쏟아졌다.

"영문을 모르겠는 건 나야……."

왜 어머니를 죽였나. 왜 아버지를 죽였나. 그 때문에 11

년을 복수에 묶여 살았다.

리오는 당장 죽을 것 같은 루시우스를 내려다보며 검을 쥔 손에 힘을 실었다. 마음속에 격렬한 복수의 불꽃이 타올랐다.

동시에 그리운 어머니 아야메와의 추억을 떠올렸다.

잃어버린 행복. 되찾을 수 없는 일상. 받을 수 없게 된 애정. 그것을 빼앗은 것은 이 남자였다.

그래서 죽기 직전인 루시우스의 얼굴을 봐도 리오는 조금도 불쌍하지 않았다. 용서할 수 없었다. 되돌릴 수 없었다. 살아있으면 반드시 죽이겠다고 결심한 남자를 이 손으로 죽였다. 그뿐이었다.

그래서…….

"……."

리오는 말없이 루시우스의 심장에 검을 더 깊게 찔러넣었다.

"……."

그것으로 루시우스는 침묵했다. 절명이었다.

'죽었어.'

리오는 눈 한 번 깜빡이지 않고 죽은 루시우스의 얼굴을 내려다보았다.

죽였다. 이번에야말로, 이 손으로 죽였다.

이것이 이 복수의 종착점.

그러나 복수했다는 달성감은 없었다.

달성감을 원해 복수한 것도 아니었다.

오히려 상실감 비슷한 무언가로부터 새까만 어둠이 뿜어져나왔다. 하지만 이것은 리오가 바란 결과였다. 리오가 끝을 맺겠다고 정한 길의 종착점이었다.

그래서 후회는 없었다.

"……이걸로, 끝이야."

리오는 검을 통해 정령술을 발동해 루시우스의 육체에 불을 붙였다. 순간, 루시우스의 전신이 불타올랐다. 리오는 루시우스의 심장에서 검을 뽑고 몇 걸음 거리를 뒀다.

활활 타올라 재가 되어가는 루시우스의 육체를 응시했다.

어머니가 죽은 지 11년.

원수를 처치하기 위해 산 지 11년.

길었다.

드디어 끝났다.

복수를 마친 후의 일은 아무것도 생각하지 않았다. 복수를 위해 모든 것을 던질 생각으로 살았으니까.

앞날이 없어도 괜찮았다. 그렇게 생각했다.

하지만 지금 리오에게는 돌아갈 곳이 있었다. 자신의 본모습을 알면 모두 싫어할 줄 알았는데 아니었다.

"돌아가자."

리오는 등 돌려 걸었다. 이런 자신이 돌아오길 기다리는 사람이 있고, 자신은 돌아가고 싶었다. 그러니까 돌아가자.

리오는 문득 눈에 들어온 수룡들을 없애고 지상에 있던

물의 꼬리도 깨끗하게 없앴다. 그러자 주변에 반짝반짝 빛나는 무지개가 떠올랐다.

리오는 그 아래를 지나 걸었다. 그 앞에는 엉망인 드레스를 입은 크리스티나와 플로라가 있었다.

정령환상기

【 에필로그 】 ❈ 약혼

벨트람 왕국.

로다니아 영빈관의 객실.

사카타 히로아키는 로아나를 옆에 앉히고 유그노 공작과 마주했다.

"크리스티나 님과 플로라 님이 실종된 지 일주일이 지났습니다. 바네사 군이 깨어나지 않아 무슨 일이 벌어졌는지도 모릅니다. 두 분 소식은 끊겼고 레스토라시온은 대혼란에 빠졌습니다. 이대로 있다간 배반하는 귀족이 나타나 조직이 와해될 겁니다. 레스토라시온은 예전에 없던 궁지에 처했습니다."

그러려면 빨리 극약 처방으로라도 대처해야 한다고 유그노 공작이 처음 보는 진지한 표정으로 히로아키에게 말했다.

"그, 이해는 하는데……. 진심이야?"

히로아키는 팔짱을 끼고 시무룩한 표정을 지었다. 그리고 유그노 공작을 난처하게 쳐다보았다. 최근 일주일 동안 레스토라시온의 혼란을 가까이에서 지켜봐서 잘 알았지만, 유그노 공작이 꺼낸 이야기를 이대로 받아들여도 되는지 히로아키는 결정하지 못했다.

"네. 형식상 정부인은 가르아크 왕국의 제3 왕녀 로잘리

전하, 제2 부인은 로아나 군. 이 두 사람과의 약혼을 가급적 빨리 표명하고자 하니 엎드려 부탁드리는 바입니다."

"으음. 로잘리가 내년에 열세 살이었나……."

이전 세계 같으면 쇠고랑 찰 범죄라고? 직접 말하지는 않았지만, 아무리 히로아키라도 그렇게 어린 여자아이와 결혼을 결정하기에는 저항감이 있었다. 영 안 내키는 건 아니지만, 솔직히 등을 떠밀어줄 재료가 하나 더 있었으면 좋겠다.

이거라면! 하는 재료는 있는데 자기 입으로 말하자니 원칙에 어긋났다. 그보다 말하기 꺼려졌다. 그래서 지금까지 스스로 움직이지 않았다.

하지만 생각을 바꿔보면 이건 더할 나위 없는 기회일 수도 있었다. 여기서 망설이면 이 기회를 놓칠지도 몰랐다.

"……조건이 있어."

그래서 히로아키는 결심하고 엄숙하게 입을 열었다.

"무엇인지요?"

뭐든지 말해보라는 듯이 유그노 공작이 깊이 고개를 숙였다.

"내가 교섭하는 것도 뭐, 좀 그러니까 교섭은 그쪽한테 맡기고……. 제3 부인으로 리제롯테를 들이고 싶어. 해줄 수 있어?"

히로아키가 헛기침을 하고 조건을 제시했다.

【 후기 】

여러분, 안녕하세요. 키타야마 유리입니다. 『정령환상기 14. 복수의 서정시』 통상판(드라마CD 없음) 또는 드라마CD 수록 특별판을 구매해주셔서 정말 감사합니다.

본편 내용은 똑같지만, 드라마CD 수록 외에도 표지가 다르니 하나만 사신 분은 다른 표지도 HJ문고 공식 홈페이지에서 확인해주세요!

그리고 드라마CD는 성우분들 연기가 정말 훌륭해서 듣는 순간 캐릭터가 이곳에 있다고 착각할 정도라 시나리오를 쓴 제 상상 이상의 일상 풍경이 펼쳐졌습니다. 여러분, 꼭 들어보세요!

그리고 세상에! 이번에는 제2탄 드라마CD 외에도 정령환상기 공식 PV를 제작했습니다! PV 나레이션은 아이시아를 연기해주신 쿠와하라 유키 씨가 낭독해주셔서 아이시아의 대사도 삽입됐습니다. 나레이션과 대사를 연기하는 쿠와하라 씨의 목소리 인상이 확 바뀌어서 녹음 현장을 견학하며 소름이 돋았습니다. 쿠와하라 씨, 정말 감사합니다!

공식 PV는 다음 작품 프로모션으로 팍팍 쓴다고 합니다. 트위터에서 PV를 보면 마구 리트윗해서 작품을 알려주시면 감사하겠습니다. 14권 발매일인 8월 1일에는 유튜브에도 업로드될 테니 꼭 봐주세요.

지면 관계상 이제 14권 본편 이야기를 해볼까요? 후기 먼저 읽은 분도 계실 테니 구체적인 스포일러는 피하겠습니다. 14권에는 여러 가지 복선을 깔았고 마지막에는 그가 새로운 소재를 던지는 등 그 밖에도 제법 이야기가 크게 진행되지 않았나요?

하지만 10권까지 넣은 복선도 아직 회수하지 않은 게 많아서 제가 생각하는 이야기 결말까지는 아직 멀었습니다. 간신히 이야기 중반에 한쪽 발을 들였나? 하는 정도입니다. 앞으로도 이야기가 진행되며 더욱 고조될 예정이니 계속 정령환상기를 읽어주시면 감사하기 이를 데가 없겠습니다.

15권에서도 여러분을 만날 수 있기를!

2019년 7월 초 키타야마 유리

정령환상기

15. 용사의 광상곡

피로 피를 씻는 사투 끝에
드디어 루시우스를 죽이는 숙원을 이룬 리오.

그는 소중한 소녀들이 기다리는 바위 집으로
돌아가며 루시우스에게 유괴됐던
왕녀 자매를 로다니아로 호송하기로 한다.

한편, 정부인이 될 예정이었던 플로라가
사라지자 용사 사카타는
자신의 약혼자로 리제롯테를 지명한다.

**이제
비즈니스 관계는
졸업하자**

정령환상기 14 ―복수의 서정시―

2021년 10월 30일 1판 2쇄 발행

저　　자 키타야마 유리
일러스트 Riv
옮 긴 이 이은혜
발 행 인 유재옥
본 부 장 조병권
담당편집 정영길
편집1팀 이준환 박소연
편집2팀 정영길 조찬희 박치우 조현진
편집3팀 오준영 곽혜민 이해빈
디 자 인 김보라 서정원
라이츠담당 한주원 이다정
디 지 털 박상섭 이성호 최서윤
발 행 처 ㈜소미미디어
제 작 처 코리아피앤피
등　　록 제2015-000008호
주　　소 서울시 마포구 토정로 222, 403호 (신수동, 한국출판콘텐츠센터)
판　　매 ㈜소미미디어
마 케 팅 한민지 최정연
물　　류 허석용
전　　화 편집부 (070)4164-3962, 3963 기획실 (02)567-3388
판매 및 마케팅 (070)4165-6888 Fax (02)322-7665

ISBN 979-11-6611-660-5 (04830)
ISBN 979-11-6611-646-9 (세트)